18/20卷

江户川乱步青年侦探全集

人形豹

【人間豹】

[日] 江户川乱步（えどがわ らんぽ）◎著

叶荣鼎◎译

時代文藝出版社

图书在版编目（CIP）数据

江户川乱步青年侦探全集. 18，人形豹 /（日）江户川乱步著；
叶荣鼎译．—长春：时代文艺出版社，2016.6

ISBN 978-7-5387-5233-5

Ⅰ.①江… Ⅱ.①江… ②叶… Ⅲ.①侦探小说－日本－现代 Ⅳ.①I313.45

中国版本图书馆CIP数据核字（2016）第111056号

出品人 陈 琛
产品总监 郭力家
责任编辑 刘瑀婷
闫松莹
装帧设计 黄 龙
排版制作 隋淑凤

江户川乱步青年侦探全集 18

人形豹

[日] 江户川乱步 著 叶荣鼎 译

出版发行 / 时代文艺出版社
地址 / 长春市泰来街1825号 时代文艺出版社 邮编 / 130011
总编办 / 0431-86012927 发行部 / 0431-86012957 北京开发部 / 010-63108163
官方微博 / weibo.com / tlapress 天猫旗舰店 / sdwycbsgf.tmall.com
印刷 / 三河市万龙印装有限公司
开本 / 640mm × 910mm 1 / 16 字数 / 130千字 印张 / 12
版次 / 2016年6月第1版 印次 / 2016年6月第1次印刷 定价 / 20.00元

图书如有印装错误 请寄回印厂调换

出版说明

江户川乱步本名平井太郎，1894年10月21日生于日本三重县名张市，是日本著名的推理作家、评论家，“本格派”推理的创始人，被誉为“日本侦探推理小说之父”。

1923年，他在《新青年》杂志上发表本格推理处女作《二钱铜币》（收录于全集11卷中）轰动文坛，奠定了日本侦探小说的基础，同时也引领了日本推理小说的创作风潮。

“本格”是日语词，有“正规、正统”之意。所谓“本格推理”是指推理者从谜案中搜寻蛛丝马迹，经过严密的逻辑推理，解开谜案疑点，拨云见日、找出真凶的过程。所以，在“本格推理”的世界中有两个要素不可或缺：一是难解的谜案（如密室杀人），二是逻辑严密的推理。这也是本格推理最大的魅力所在，因为谜案难解，才好奇；因为推理刺激，才痛快！

我们出版的“青年侦探全集”（全20卷），共包含23篇本格推理故事，情节扑朔迷离，悬念强烈，既充满诡谲的气氛，又有着环环相扣的严密推理。案情往往在看似山穷水尽之时峰回路转，出人意料又合情合理，令人拍案叫绝。其主角明智小五郎是江户川乱步成功塑造出的日本第一位名侦探，在日本家喻户晓，被称作“日本的福尔摩斯”。密室杀人案、死亡倒计时牌、钟楼里的秘密、五重塔的诅咒……不同于传统侦探故事中主角的开挂式超能，乱步笔下的大侦探在与凶手的博弈中，有时也会犯错误，甚至在交锋中败下阵来。但也正因如此，才使得明智小五郎的形象更为真实丰满，让金属般棱角分明的推理故事中多了一丝有血有肉的真情感。

该全集内容由著名日本文学翻译家叶荣鼎先生，历时八年翻译而成，不仅再现了一代推理大师的作品原貌，更注入了翻译家对大师的崇敬之情。相较于市面上现有的其他译本，叶荣鼎先生的译文文本规范、文字精当、情节紧凑、故事性强，适合各年龄段的读者阅读和收藏。

此外，还有专门为本套图书绘制的精美插图，穿插在故事中，凸现案件发展的关键节点。诚邀爱好侦探推理的朋友，跟随大师的妙笔一起畅游本格推理的世界。随着侦探与凶手视角的转换，一窥善恶。读罢小说，回归现实，你既不是机关算尽的凶手，也不是明察秋毫的神探，周遭的一切皆毫发无伤，但是你却收获了阅读应有的快乐。

时代文艺出版社

目 录

コンテンツ

恩　　田

冬天的一个深夜，天气寒冷，快要下雪了。

银座大街上的黑白合咖啡馆里，服务员神谷芳雄正拦着熟悉的卖花姑娘洋子小姐聊天逗乐，说话间不经意地朝整个店堂扫了一眼，嘴里嘟嘟囔囔地说道：

“奇怪！今晚究竟怎么啦？还没到十一点就已经没客人了，真让人感到不可思议。”

黑百合咖啡馆光线昏暗，阴森森的，光顾的客人平日里并不很多，可今晚更是门可罗雀，仿佛人去楼空，让人觉得格外毛骨悚然。

“哎，我也有同样感觉，好像魔鬼就要来临，大街上肯定刮起了刺骨的寒风吧？”

洋子小姐躬肩缩颈哆哆嗦嗦地说着，战战兢兢地环视了一眼周围。

就在这时，店门被推开了，传来“嘎噔嘎噔”皮鞋与地面摩擦的响声。进来的是一位男性客人，像有意避开他人视线那样，径直朝着最里侧的角落走去。

那里是车厢式座位，又凑巧被棕榈盆景遮挡着，是整个店堂最隐蔽的座位。这位客人一走到那里立刻弯腰坐下，由于走路速度很快，以致神谷芳雄来不及为他引路。

男性客人身着黑色西装，骨瘦如柴，两条腿又细又长；脸上的肤色仿佛在烈日下长期暴晒过，像土耳其人那样黝黑；高高的鼻梁，野兽般的眼眸大得出奇，闪烁着让人战栗的寒光。看年龄，三十岁左右的光景。

洋子小姐见状，突然压低嗓音轻声说道：

“哎，我觉得这客人像从山上下来的野兽。”

神谷芳雄被这么一说，立刻警惕起来，不时地打量棕榈盆景背后的动静。看他那认真的表情，如此古怪的客人似乎还是第一次光顾。

“我讨厌那样的客人！”

少顷，洋子小姐冷不防抓住神谷芳雄的胳膊说。

“你怎么啦？”

“哎，你瞧呀！棕榈叶背后的那对大眼眸，像贼眼一样直瞪瞪地盯着我看！真让人受不了！”

神谷芳雄赶紧朝那里望去，只见棕榈叶间果然有一对闪着萤火虫般亮光的眼眸，射出贪婪的目光，仿佛猫盯着老鼠那样恶狠狠地望着洋子小姐。

“大概是希望你去他那里卖花吧？”

“我讨厌，我才不去那样的客人身边卖花呢！”

“你别介意，不要把那样的人放在心上。”

其实，神谷芳雄也被对方的眼神激怒了，此刻，正针锋相对地与对方互瞪眼睛。可令人奇怪的是，那两道令人生厌的目光渐渐地越发炯炯有神了。

望着望着，那家伙的眼前出现了莫名其妙的可疑光束，令他俩眼花缭乱，全身不由得直打哆嗦。

“哎，那家伙到底怎么回事，该不是和我们一样的人吧？我说还是别朝他那里看为好。”

“是的，我已经不看那里了。”他俩把脸扭向旁边。

“哎，神谷君，我觉得挺为难的，不知如何是好，还是你说怎么办吧。”

片刻，接待可疑客人的服务小姐返回来走到神谷芳雄的身边说。

“为什么？”

“那客人说他一定要买洋子小姐的花，要我通知洋子小姐过去。我觉得这客人举止奇怪便拒绝了他的要求，可他无论如何不答应。如果洋子小姐去他那里卖花时，我一直陪在旁边看着，应该不会发生什么问题吧。你说说看，是不是请洋子小姐去他那里？另外，最好神谷君也在旁边陪着。”

虽说服务小姐语气婉转，考虑得很周到，可洋子小姐还是边摇头边说：“我不去，我害怕那模样。我有预感，去他那里卖花肯定会发生可怕的事情。对不起，我该回去了。”

“是啊，你说的也许是对的。”

服务小姐又来到那位可疑客人的身边，可转眼间又返回来说：“洋子小姐，那客人非要你去不可！说他已经决心买你的花，还问你为什么不过去。还说他讨厌站在卖花姑娘身边说话的服务生。他态度蛮横，一定要洋子小姐去他那里。”

“这家伙还真难伺候。好，我代替洋子小姐去那里把花卖给他。”

“你别去！那家伙也许会趁机惹是生非的？”

神谷芳雄毫不理会洋子小姐的劝告，从她手里夺过鲜花和服务小姐一起径直朝可疑客人那里走去。

“谢谢你经常光临本店！这些鲜花，无论你要哪一束都是两百日元。”

此刻，可疑客人已经把酒杯和威士忌酒瓶横着放在桌上，恶狠狠地瞪大眼睛把盘子里的烤牛肉乱割一气。当听到神谷芳雄说话的声音时，猛地抬起头来嬉皮笑脸地答道：“哦，我是要这花，可我是想从那位小姐手里买下它。你呢，我就只能说对不起了。不过，我想请你把那位小姐叫到这里来，好吗？告诉你，我可不是随意任人摆布的客人。我想这一点你应该能看得出来，拜托了！希望你别惹我生气！瞧！瞧我的嘴……瞧我的嘴……”

只见他边说边把嘴里的牙齿弄得咯咯直响，似乎在使劲儿克制自己的怒火，那双眼睛渐渐地越变越大，开始喷射令人头昏目眩的蓝色火焰。

“先生，真不凑巧，那位卖花小姐现在不舒服，正准备回家呢！”

“不答应吗？不能来吗？”

可疑客人死乞白赖。

“是的，你这要求有点儿过分。”

“糟啦，糟啦，快救救我！我快要忍不住了。如果我忍不住的话……”

他一边咯咯咯地弄出牙齿的响声，一边好像想起什么，手握成拳头，冷不防猛击桌子，还反复猛击。不一会儿，指关节皮肤破了，鲜血朝外直涌。

他这样做，似乎是为了控制剧烈的心跳。也许是咬紧牙关和弄伤了手指的缘故，终于使难以控制的心跳稳定下来。

可刹那间，左手和右手上的所有手指，好像抓住了什么，都变得弯曲起来，那形状难看得简直让人恶心。全身像怒吼的野兽那样筛了般地频频晃动，蓝色的目光越来越让人感到刺眼，牙齿的摩擦声越来越响。

“洋子小姐，请到这里来一下！”

神谷芳雄顶不住了，不由得转过身喊道。

“干什么呀？”

洋子小姐问道。其实，她就站在神谷芳雄的身后。这时，她仿佛不再害怕，勇敢地走到可疑客人跟前。

“啊，啊，你，你就是洋子小姐吧？”

可疑客人的脸刹那间阴转晴，笑出了声。

“我呢，叫恩田，你这些花我都买下了！”

他窘迫地望着摆开架势保护洋子小姐的神谷芳雄，呱嗒呱嗒地嚅动那张大嘴，献殷勤似的讨好说。

客人恩田的嘴巴也比常人大许多，使劲儿张开的时候，两边嘴角居然与耳朵根部相连。顷刻间，嘴巴似乎占据了整张皮包骨的脸庞。虽说嘴唇不很厚，可颜色红得让人感到可怕，净是黏糊糊的白色唾沫。

恩田从口袋里拿出一万日元的纸币，让洋子小姐捏紧，问道：

“哎，小姐，给你一万日元，这下可以成交了吧？请问，你能否坐下陪我说说话？”

神谷芳雄一听这话顿时勃然大怒，可一看见恩田那张令人毛骨悚然的脸时，即刻又战战兢兢起来，别说把拳头伸向对方，就连话也不敢说了。

恩田扶起横着放在桌上的威士忌酒瓶和酒杯，将瓶里的威士忌酒倒入玻璃杯里，大声说道：“好，为洋子小姐干杯！”

恩田兴奋地独自喝完杯中的酒，伸出长长的舌头，吧嗒吧嗒地来回舔着嘴唇。瞧那舌头不仅长得出奇，颜色也通红通红的，更增添了恐怖的气氛。

神谷芳雄和洋子小姐在明亮的灯光下，将客人恩田不停晃动的长舌头看得一清二楚。

咦，那好像不是人的舌头！通红的肉舌表面到处布满了针刺，每晃动一次舌头，那上面的无数针刺就像风吹的草丛那样摇晃，但又都像昂首挺立的麦芒那样坚挺。

神谷芳雄曾经饲养过猫，深知那种舌头的厉害。

这家伙的舌头，绝对不是人的舌头，肯定是猫舌。如果不是猫舌或老虎舌，那就是豹舌。

两颗大眼眸，射出磷火那样的蓝光；黑乎乎的脸上，似乎皮下净是骨头；通红的，让人胆战心惊的舌头；还有看似灵巧的身材。

一定是黑皮豹！是的！看恩田的整个外表，你会自然而然地想起栖息在热带森林里独来独往且凶恶残忍的野兽。

这是一头长着人的外表的豹！

是的，这家伙是人形豹！

好　　奇

一心想保护好卖花姑娘洋子的神谷芳雄，极力克制着恐惧的心理，一直站在恩田的旁边。

然而，恩田并没有粗暴的举止，只是一个劲儿地喝酒吃菜，跟毫不愿意陪他的洋子小姐说到深夜十二点左右。

一直到服务小姐说打烊了，他才无可奈何地朝洋子小姐连声说“再见！”然后，格外乖顺地走出店门。

直到这时候，神谷芳雄紧绷的神经才算松弛下来，赶紧安慰脸色铁青的洋子小姐。关上大门后，他和洋子小姐一起来到外面路上。

“我还是不放心，打算送你到新桥车站！”

“谢谢，给你添麻烦了。”

洋子小姐脸上露出放心的微笑。

深夜的大街上看不见人影，凛冽的寒风迎面吹来。他俩来到河边电影院所在的街道上，没想到恩田居然站在光线朦胧的街灯下。

“又遇上那家伙了！”

两个人不约而同地停住脚步。

刚才在咖啡馆里，恩田不知将什么东西捏成一团夹在腋下。由于动作神速，因而没弄明白那是什么玩意儿。

可现在看清楚了，那原来是一件黑色短袖披风，眼下正套在西装外面，看上去极不相称。那外表宛如夜间飞行的大鸟，大风稍一强烈，披风的下摆和短袖便像蝙蝠翅膀那样哗啦哗啦地飞舞。

他俩被这从未见过的一幕吓蒙了，站在那里直发愣，看着仿佛西洋古典小说里的大魔术师出现在街灯下。

冷不防，恩田迎着寒风迈开脚步。

“喔！”

他嘴里发出奇妙的喊声，像淘气的顽童那样又是顿足又是捶胸，似乎根本不知道什么叫寒冷，给人疯疯癫癫的感觉。

也不知何故，神谷芳雄仿佛被恩田深深吸引住了，越是害怕越想见识恩田不可思议的魔力。强烈的好奇心占据了他的整个头脑，无论恩田去哪里，他都要跟到底看个究竟。

须臾，恩田叫停一辆出租车坐了上去。

“洋子小姐，我去跟踪这家伙。”

“你最好别干傻事！”

洋子小姐极力阻拦，可神谷芳雄似乎已经按捺不住自己。

“别劝了！你还是快回家吧！”

说完，神谷芳雄也立刻叫停一辆出租车，飞身上了车。

“哎，司机，请跟上前面那辆出租车！不管它驶向哪里都要盯住它。另外，别让那辆出租车察觉。拜托啦！”

他一叮嘱完毕，司机像执行上级命令那样沿深夜的大街奔驰起来。前面没有其他车辆，只有那辆被跟踪的车。夜幕笼罩的大街，两辆轿车迎风飞驰。

在驶达新宿前，窗外街道上的情景看得清清楚楚。可驶过新宿后，几乎什么也看不清了。不知不觉的，两辆车一前一后地驶入农村小道上，两边的农宅十分稀少。

行驶大约四五十分钟后，那辆出租车终于停了。

为避免恩田察觉身后有尾巴，神谷芳雄在与前面出租车相距一百米的地方下车，询问司机这一带是什么地方，司机回答说好像是荻洼和吉祥寺。

“请你关上车灯在这里等，我马上就回来。”

神谷芳雄吩咐司机，匆匆推开车门去追恩田。

街道两侧，矗立着高耸入云的参天大树。树与树之间，有零星的农民住宅。道路上的所有路灯，光线都是朦朦胧胧的。

借助微弱的灯光朝前望去，恩田正大步行走在距离神谷芳雄三十米左右前面的街道上，身上的蝙蝠式黑短披风正迎风飘舞。

当恩田正要从路灯下经过时，冷不防从前方黑暗里窜出一条野犬，朝他大肆吼叫。

恩田抬起腿企图赶走野犬，嘴里不停地叫嚷。谁知他越是那样，野犬越是叫唤。瞧野犬龇牙咧嘴的模样，似乎是担心蝙蝠恩田向它发起攻击。

恩田开始顿足捶胸，又是踢腿又是在胸前比划拳头。神谷芳雄虽听不见什么，但他估计恩田肯定在叽里咕噜地磨牙齿。

通常，人见到这般情景会吓得转身逃走或避而远之。可犬毕竟与人有着根本区别，非但没逃，相反越来越激动，还朝恩田猛扑。

刹那间，令人震惊的惨景发生了。对神谷芳雄来说，这种惨不忍睹的情景是他一辈子也忘不了的。

原以为恩田会怪叫，谁知他猛地扬起黑色披风，俨如凶猛的野兽朝野犬迎上去。

昏暗的路灯下，人与犬扭成一团，犹如大团的漆黑煤块在路上滚来滚去。此时此刻，恩田和野犬都不叫唤，而是在沉默的恐怖氛围中厮打。

可人犬搏斗并没持续很长时间，“大煤块”瞬间不再滚动。少顷，只见恩田摇摇晃晃地站起来，没有转过脸朝后张望，也没有低下头朝下俯视，而是继续朝前走。横卧在地上没有动弹的，是可怜的野犬。

神谷芳雄走到野犬的尸体跟前仔细打量，那模样令他情不自禁地直打哆嗦。野犬不仅嘴被撕裂，而且浑身是血，躺在血泊里犹如火红的血球。

哦，恩田简直是怪物！肯定不是人！如果是人，不可能像他这样惨无人道，也不可能像他这样力量巨大。

他的两只手一定是分别抓住野犬嘴巴的上下两半，朝两个方向撕，将野犬从脑袋到身体撕成两大片。如果是一般的常人，不可能有这样的力量。

神谷芳雄完全被眼前的情景惊呆了，猛然间脑海里冒出转身逃走的念头。可强烈的冒险心理还是战胜了恐惧，虽说两手心上都冒出了冷汗，但他仍紧握着双拳追踪上去。

追了一会儿，恩田不再沿街道前行，而是拐入杂树林与旱地之间的小道。稀稀拉拉的杂树林前面，有一片枝叶茂密的树木遮住了星空，树与树之间有灯光闪烁。无疑，那里有住宅。恩田的住宅也许就在那片树林里?

随着与街道路灯之间的距离越来越远，杂树林里变得越来越暗。少顷，当他来到杂树林出口时，刚才还模模糊糊能看见的恩田的影子转眼间消失了。

进入容易迷路的树林后，神谷芳雄一直是瞪大眼睛紧盯着目标跟踪的。可就在刚才从出口到平地的一瞬间，恩田却不翼而飞了。真不可思议!

“奇怪！那家伙去哪里了？”

这一带既没有水田也没有旱地，到处野草丛生，再说也没有像样的道路。沾满露水珠的枯草不时地缠住脚脖子，行走起来十分不便。

神谷芳雄悔恨极了，好不容易跟踪到这里，目标却突然不见了，只得放弃追踪回家了。他环视星空下的四周，以对面树林里的灯光为目标，垂头丧气地走着。

突然，他发现前面五六米的草丛那里传来“嚓嚓嚓”的响声。哦，也许是风？或许是风吹动枯草的响声？可转念一想，要是风吹的，应该是一大片枯草发出响声。仅一个地方有响声，太不可思议了。

他不由得感到恐惧，停住脚步侧耳辨别。与此同时，响声猛然偃旗息鼓了。可当他一迈步时，“嚓嚓嚓”声音又响了，还是来自同一个方向。

他试着不发出脚步声走路，可仍然有响声传来，而且是那种脚把草朝两边分开时传出的响声。

刹那间，神谷芳雄蒙了，呆呆地站在原地不动了，两条腿僵硬得像不听使唤的烧火棍。他循声望去，那片草丛里有两颗闪耀着磷火的圆球。

像这样的寒冷季节，按理不会有萤火虫，那闪光的圆球像是猫科类动物在黑暗里出现的眼眸。

两颗圆球射出的蓝光越来越强，不偏不倚地紧紧盯着神谷芳雄。啊，是那家伙！是恩田！不知何故，这家伙要这样趴在草丛里眺望神谷芳雄。

黑暗里，他俩相互注视着僵持了很长时间。当神谷芳雄紧张得快要支撑不住的时候，趴在草丛里的恩田居然说起话来。仔细辨别，声音好像从地狱深处传来，阴沉，嘶哑。

“喂，小伙子，快回去！我没心思跟你这种人打交道。”

说完，两颗蓝光闪烁的圆球调转方向。只见恩田胸朝下脸朝前，手敏捷地将草分向两边，朝远处奔跑起来。

恩田没再站起来，而是胸部朝下，四肢着地，像野兽那样，前爪配合后腿飞也似的奔跑。

神谷芳雄原先的勇气消失殆尽了，使出吃奶的劲儿转过身，沿着来时的路像垂死挣扎的逃兵气喘吁吁地跑开了。

血　书

打第二天开始，神谷芳雄发起了高烧，在床上整整躺了一个星期。致病原因，是那天晚上跟踪恩田时被寒风吹了一夜，还有伤元气的耀眼蓝光。

因病一星期没上班的神谷芳雄，早晨刚跨入店门，没想到被服务小姐一把拦住，提心吊胆地问他：

“自从那天晚上打烊到现在，再也没见着洋子小姐，发生什么事啦？”

接着，服务小姐又说了最近发生的情况。

洋子小姐家人去派出所报案了。据说，警方全力搜寻她的下落，但一星期过去了，没找到任何线索。

一听这消息，神谷芳雄的眼前立即闪现出恩田来。

是啊，洋子小姐一定是遭恩田绑架了！

要真是恩田绑架的，那可就麻烦了。

无疑，是他绑架的。

可神谷芳雄没有向警方告发恩田。因为，万一不是恩田所为，反而招惹是非。看来，必须亲自更细致地调查，掌握稍能说明一二的确凿证据后再说。首先，应该掌握恩田的真实身份以及居住场所。

第二天，他没去银座咖啡馆上班，下午出门，根据记忆去武藏野树林寻找恩田的住所。

虽说一路上迷失了好几回方向，但最终还是找到那片树林了。他不停地用脚分开湿漉漉的草，沿着羊肠小道朝目标树林走去。

天空阴沉沉的，没有一丝风，天气不是很冷。纹丝不动的草和树木，仿佛不是这世界的植物。

此时此刻，那天深夜被吓得魂不附体的遭遇开始在眼前一一浮现，刹那间脑海里涌出想马上逃走的念头，可最终还是被理智战胜了。

不管怎么说，这一次来这里是为了救助洋子小姐的。他不停地为自己打气，穿过草地后勇敢地走进昏暗的树林。

树林深处的一片杉树林里，有一幢孤零零的陈旧别墅，四周是长满青苔的砖围墙。像这样的建筑居然能保存到今天，不得不让人感到惊讶。

陡峭的石板瓦屋顶上，矗立着红砖结构的方形烟囱。与这幢腐烂味弥漫、充满阴气的建筑相比，烟囱则显得挺拔。建造烟囱，也许是住这幢别墅的人感到寒冷，或许是其他什么原因。

锈迹斑斑的铁门关得牢牢的，几乎没有一丝可以窥视里边的缝隙。宽敞的院子里显得格外寂静，仿佛别墅里根本就没住过人。

神谷芳雄打算沿着围墙转一圈，脚踩在软绵绵湿漉漉的枯叶堆上，提心吊胆地走着。当来到别墅背后时猛然听到奇怪的声音，不由得停住脚步。

说得确切一点儿，这声音应该是动物发出的叫声，人不可能发出那么可怕的声音。对，一定是野兽！根据声音分析，是远比野犬凶猛和残暴的野兽的吼声。这充满阴气的住宅里难道饲养着野兽？

神谷芳雄极力按捺住忐忑不安的心情，侧耳倾听。少顷，吼声又响了。

“呜……”

是猛兽的吼叫声。

刹那间，像飞镖之类的东西从围墙里飞出，正好滚落到神谷芳雄的脚边。他大吃一惊，想拔腿逃跑，可仔细一看，并不是危险物，而是被揉成一团的手帕。

他用脚踢了一下，从手帕里滚出一枚别针。咦，好眼熟，好像在哪见过。他打算拾起来仔细辨认。就在蹲下的一瞬间，发现手帕上写有红字。

啊，是用鲜血写的，用鲜血写的字！

他连忙拾起来核实。上面的字迹很潦草。

救命！歹徒要杀我！

无疑，写字的人是在迫不得已的情况下弄破手指，用从伤口流出的血在这块手帕上书写的。

神谷芳雄拾起掉落在地面上的那枚别针辨认，竟发现是平日里洋子小姐佩戴在胸前的别针；而且，这还是圣诞节时他送给洋子小姐的礼物。毫无疑问，血书是洋子小姐写的！她本人肯定被关押在这幢别墅里。

这时，神谷芳雄已经把恐惧全抛到了脑后。过不了一会儿，洋子小姐就要惨死在野兽般的恶魔手里。我必须全力营救！就是舍命也要救她出来！

他大步跑到铁门跟前，边敲打边叫嚷："哎，请开门！屋里有人吗？"

可无论他怎么敲打和叫嚷，别墅里毫无反应。

神谷芳雄已经没时间思考接下来该怎么办，只见他突然将脚踩在铁门横档上，越过铁门跳到院子里，随即跑到玄关，继续胡乱地敲起门来。

"是谁？讨厌！"

这一回总算有反应了。

别墅里面的人，一边叽骂一边"啪"地打开玄关门。

圈　套

门开了，从门缝里探出了一张脸，是一个弓腰驼背、身着西装的白发银须老人。

神谷芳雄见对方是出乎他意料的弱不禁风的老人，顿感扫兴，问道：“这里是恩田别墅吗？”

“是的，我就是恩田。请问你是谁？”

自称恩田的老人慢吞吞地回答，瞪着眼睛上下打量神谷芳雄和紧闭着的院子铁门。他那副神态和说话语气，让人觉得别墅里没有危险和恐怖。

“对不起，我想拜见青年恩田。请对他说，我是银座咖啡馆的服务生，跟他见过面。”

“你是说青年恩田。哈哈，他大概是我的儿子！你找他吗？实在对不起，他不凑巧出门了。”

老年恩田若无其事地说着，满脸漠不关心的模样。别看老年恩田外表老态龙钟，可千万别被他的外表迷惑。观其眼睛的颜色，就不像一般的老人。

“那，我想打听一件事，请问贵府有没有一位十五六岁的姑娘？她叫洋子，是银座一带的卖花姑娘。”

“卖花姑娘？我不知道哇……哎，让你站在这里说话太难为你了。怎么样，请进屋吧！坐在椅子上慢慢地聊！可你爬铁门进来的行为是不能允许的，下不为例哟！啊啊，这次就不提了……”

老年恩田突然笑容可掬，变得热情起来。奇怪！笑里藏刀，肯定有诈。可头脑发热的神谷芳雄压根儿没察觉老年恩田的“话中话”，一听说邀请自己，便不由分说地跟在老年恩田身后走进屋里。

“来，请进这房间……”

这房间，窗户的位置很高，窗洞很小，光线昏暗，简直像牢房。

“我是专门搞科研的，整天忙着科学研究，和外面社会基本不来往，没有专门用于接待客人的房间。”

这确实是不可思议的房间，左侧沿墙面的书橱顶天立地，摆满烫金书名的外国精装书籍；右侧墙面的上半部分是橱架，放有许多布满灰尘大小不一的玻璃瓶，玻璃瓶里好像是药；橱架下面好像是实验台，胡乱地放着许多试管、烧杯等玻璃容器和蒸馏器。

房间里的其中一个角落里，放有玻璃橱。玻璃橱里，东倒西歪地放着三四个人和动物的骨骼标本，标本的眼眶里积满了灰尘。

房间正中央，放着一张油漆脱落的大桌子，桌旁有两张坏椅子。

“好，请坐吧！我的儿子大概就要回来了，他不回来，我什么也回答不出啊！就像你看到的这样，我是一个只专注研究的老人。”

“你真不知道吗？不管怎么说，家里来了素不相识的姑娘，你不应该不知道吧？否则，那就太不可思议了。”

“哦，哦，你说什么？姑娘被关押在我这里？你大概弄错了吧？我和我儿子都不是坏人。你到底掌握了什么证据？居然上我这里没事找碴？”

猛然间，老年恩田的眼睛里射出咄咄逼人的目光。

“你是说证据吗？这就是证据！”

神谷芳雄把刚才拾到的手帕放在桌上，摊开让老年恩田看。

老年恩田看了那上面的血书内容，脸上露出惊讶的神色，但语气仍不改初衷：“不知道！我不知道有这么回事……如果你那么怀疑，就请满屋搜查吧！我可以为你当向导带路。”

老年恩田的这番慷慨陈词，令神谷芳雄十分意外。他觉得，一定要提防着点儿。其实，老年恩田话里有话，其背后无疑设有圈套。可一心想救出洋子小姐的神谷芳雄，没有特别留神。

“那好，就请允许我彻底参观一下你的别墅。我既然能这样承蒙你的好意，希望能心情舒畅地离开回家。”

“好呀，我也不希望被人怀疑。请跟我来！”

老年恩田满脸不愿意，磨磨蹭蹭地离开椅子，把双手绕到驼着的背后，蹒跚着脚步走出房间，沿着昏暗的走廊咯噔咯噔地走到某房间跟前，朝走廊的房门外侧插着门闩，看上去门很坚固。

“好了，请先看这房间吧！”

老年恩田一边说一边卸下门闩，站在前面慢腾腾地朝里走去。神谷芳雄也跟着走进去。

房间里光线暗淡，一点儿也看不清楚。

“窗户没打开吧？”

“是的，我现在就打开窗子，请等一下！”

黑暗里，老年恩田窸窸窣窣地摸了好一阵子。少顷，传来“啪”的响声，房间里顿时一片漆黑。

“怎么回事？”神谷芳雄吃惊地大声问道。这时传来老年恩田哧哧的笑声，好像站在很远的地方。

“哈哈哈……没怎么回事呀！只是想请你在里面待一会儿。好了，你最好别急。哈哈哈……”接着，老年恩田的声音渐渐远去。

“糟啦！”

神谷芳雄噔噔噔地冲到门口，可已经无法追上老年恩田的脚步。只见那扇厚厚的木门被关上，门外侧被插上了门闩。无论怎么推和拉，坚固的木门纹丝不动。

“唉，怎么办？”

由于一时疏忽中了圈套。老年恩田装模作样地开窗，其实是转移神谷芳雄的注意力，伺机蹿到走廊上关闭房门，并在外侧插上门栓。

神谷芳雄试着用身体撞门，但门什么反应也没有，于是用手摸索着寻找墙上是否有窗。可四周是全封闭的板墙，没摸到像窗户那样的东西。这房间的面积仅五平方米左右，像仓库。可用作仓库太过于牢固，也许是关动物的牢笼？

“是的，肯定是牢笼！我被当作野兽关在牢笼里了！”

神谷芳雄不由得浑身直打哆嗦，追悔莫及，垂头丧气地蜷缩在黑暗里。

洋子小姐怎么样啦？关押她的地方既然可以扔手帕，肯定是在这幢别墅的某个有窗的房间里吧！必须设法逃出去，必须设法救出洋子小姐……

就在神谷芳雄陷入思索的时候，猛然从离他很近的地方传来“呜——”野兽的吼声，好像就在板墙隔壁。

“啊，是野兽！这幢住宅里果然饲养着野兽！这个怪老头子，也许是为了给野兽弄吃的，而把我和洋子小姐关押在这里？”

他想到这里猛地站起身来，可转眼间又打消了这一奇怪的想象。要说奇怪，这住宅本身就怪得出奇。今天的现代社会里，怎么会在这里出现这样的住宅。有了这样的怪住宅，今后还真不知道会发生什么样的怪事呢？

他独自一人坐在伸手不见五指的房间里，恐怖的想象接踵而来。接着，他焦急得再也坐不住了，站起身来在房间里转来转去，犹如被关在牢笼里的困兽。

突然，板墙上出现了一个小孔，细细的光线随即从那里射入房间。

“太好了！”

神谷芳雄高兴得跳了起来，急忙跑到那里把眼睛凑在孔上窥视。

啊，也许自己在做梦吧？隔壁房间果然有一头体型硕大的豹子。

隔壁房间像大仓库，四周也是坚实的板墙，有一个墙角裸露出铁笼的一部分，豹子就在那铁笼里。铁笼外的地面上铺有地板，大概是用于豹子散步的。

也许是心理作用，难闻的野兽味直往鼻孔里钻。不光味道，还有濡湿的热气。这到底是怎么回事？由于刚才一直处于亢奋状态，没有现在的难受感觉。

当眼睛凑到孔上时才有了暖烘烘的感觉。这，也许来自隔壁房间。

哦，明白了！可能从这里看不见，多半是豹子怕冷，特意给它烧了暖炉。刚才在围墙外看见烟囱里冒烟，大概就是从这房间里出去的。

看来，老年恩田是一边饲养豹子，一边模仿豹子训练让人觉得害怕的青年恩田。想到这里，神谷芳雄感到震惊。尽管这样，仍然没有减弱他喜欢冒险的好奇心。他又走到板壁跟前，眼睛凑到孔上窥视隔壁。

“啊！”他大声狂叫，全身不停地颤抖。因为，孔那边正在接连不断地出现出人意料的恐怖情景。

也不知是什么时候，关豹子的铁笼前面出现一个头发蓬乱的女子，仰卧着躺在地上，双手好像摆开防备的架势。

可恨的是，从孔这里无法看见隔壁房门那里的情景。那里，肯定有人从门口朝房间里走来。无疑，女子是被人推进来的。

“啊，洋子小姐！”

神谷芳雄不由得叫嚷起来，可能是喉咙干渴，声音嘶哑，竟说不出话来。

啊，怎么办？洋子被扔进关押野兽的房间里。再过一会儿，关押豹子的铁笼将被打开，饿得前腹贴后背的野兽，势必会把洋子当作丰盛的美餐享用。

神谷芳雄想到这里，额头冒出豆大的汗珠。

所幸的是，他的想象没有成为现实。片刻后，他才明白袭击洋子的不是豹，而是比豹还要残酷的人。洋子用双手摆开架势，是为对付那家伙的。

看着看着，突然有一个身影占据了整个窥视孔。仔细一看，竟然是青年恩田！就是老年恩田的儿子。那天夜晚，这家伙趴在草丛里，起初眼眸里蓝光闪射，后来又像野兽那样奔跑。

瞧！他仍然双手撑在地上爬行。对他来说，像野兽那样趴在地上行走远比站着行走自然。他不是人！瞧那可怕的模样，正在朝洋子爬去。这家伙究竟是人还是野兽？说是野兽，只是模样像野兽。

青年恩田，两只眼睛白天里依然像两道荧光那样不停地闪烁；濡湿的嘴唇每呼吸一次便朝两边张开，洁白的牙齿让人感到恐怖，红得发黑的舌尖不时地从两排牙齿之间伸出。

那模样俨如猫耍老鼠，边转圈边爬着靠近洋子小姐，跳跃式地做着野兽的猛扑动作。

真　豹

青年恩田身着满是褶皱的黑色紧身西装，酷似一头黑豹。

光线暗淡的房间里，青年恩田的眼眸越来越亮，紧接着开始闪光。与此同时，通红的嘴里不时地传出牙齿摩擦的响声，他呼地扑向可怜的洋子。

顿时，两个人的身体像皮球那样在宽敞的地面上滚来滚去。每当扭在一起的两个身体滚到从孔里窥视不到的地方时，神谷芳雄便会觉得自己的心脏快要破碎似的，咚咚咚地狂跳。

可青年恩田没有真正用力，还是像猫耍老鼠那样幸灾乐祸。每当洋子整个身体被推得在地上打滚时，他便呵呵地乐个不停。

可怜的洋子脸上和手脚上到处都是伤，有抓伤，有擦伤，伤口那里不停地往外渗血。

唉，怎么办？要不了多久，洋子就会被披着人皮的青年恩田撕成好几段。哼！我一定要设法救出她！

神谷芳雄已顾不上自己的安危，抡起拳头咚咚咚地猛敲孔边的板墙。

糟啦！笼里的豹子也许因为发现了可以作为美餐的洋子，兴奋得大闹起来。

它抓住铁笼上的铁杆使劲儿摇晃，还嘎嗒嘎嗒地在笼里直跺脚，张开血盆大口不停地吼叫。

这时，被推得滚来滚去的洋子，不巧身体滚到了可怕的铁笼门前。

洋子抓住铁笼的栏杆挣扎着站起来，手无意中碰上铁笼子门上的插销。虽已筋疲力尽，可刹那间似乎明白那是铁笼门的插销。

只见她猛地转过身来紧盯着又要朝她扑来的青年恩田。

她眼睛布满血丝，嘴巴像鲫鱼那样张开直喘气，脸色比白纸还要苍白。

突然，洋子小姐嘿嘿嘿地笑了。

“啊！”

神谷芳雄瞬间似乎明白了洋子笑的含意，不由得紧紧闭上眼睛。

“别胡来！洋子小姐，别发疯！洋子小姐，别胡来！”

这时，金属响声传入神谷芳雄颤抖的耳朵，吓得他又打起了哆嗦。可好奇心又在驱使着他的神经系统，他再次睁开眼睛。

铁笼门已经打开，是洋子小姐卸下门上插销的。他想查看铁笼里的豹子，却已不见踪影。从孔里看得见的那块地上，是黑色和黄色扭打在一起。

原来，铁笼里的豹子纵身跃出铁笼扑在青年恩田的身上，与他扭做一团厮打。

“哇！”

惊叫声来自青年恩田，他被豹子突如其来的猛扑吓得脸色骤变。不过，他毕竟不是常人，而是人形豹，个头比真正的豹子高。只见他奋勇迎战，与真豹展开了世界级的野兽搏斗。

两张血红的嘴巴相互疯狂地对咬。人形豹恩田张开两边连接着耳根的嘴巴，露出洁白的獠牙朝真豹咬去。

光线暗淡的房间里，从眼眶里射出的四道蓝光宛如燃烧的火舌飞来舞去，凄凉的叫声摇曳着四周的板墙。

野兽毕竟是野兽！青年恩田再有能耐，最终还是咬不过真豹。渐渐地，他被逼到房间角落里。这时，真豹的利爪抓破了他的黑外套，獠牙咬住了他的肩膀。

青年恩田使出全身力气用双手挡住真豹的下巴，渐渐地，终于精疲力尽了。真豹嘴里沾满鲜血的獠牙，开始朝着青年恩田的喉咙紧逼。

如果再有一分钟还是那样的状态，青年恩田无疑将告别这个世界。那么，从此社会上将不会再发生人形豹胡作非为的事件了。

也许命运注定青年恩田死里逃生？就在他生命距离鬼门关仅一步之遥的时候，竟出人意料地被死神赶回了人间。

屏住呼吸看得正入神的神谷芳雄，忽听得震耳欲聋的枪声。刹那间，眼前的情景左右晃动起来，奇迹发生了。

升腾起一缕白烟的下边，真豹呼地伸长四条腿挣扎了片刻，随即伸得笔直笔直的不再动弹。

九死一生的青年恩田耷拉着脑袋，一时间软弱无力，怎么也爬不起来。

这时，握着还在冒烟的手枪的家伙出现在窥视孔的前面。原来，开枪打死真豹的家伙就是关押神谷芳雄的老年恩田。

“是谁打开铁门的？一定是躺在那里的女子吧！”

老年恩田转动着凶光毕露的眼眸，紧盯着倒在铁笼门前的洋子。

“是的，就是她。这女人企图让豹咬死我。”

青年恩田痛苦地呻吟着，嘴里恶狠狠地诉说。

“噢，看来这姑娘是你的敌人吧？可比起她来，对你威胁最大的还是那只可爱的豹。为了你，我开枪射死了它。可当我举枪的时候，我的内心又难过又遗憾！”

他说着弯腰蹲在真豹尸体前面，滴滴答答地直掉眼泪，手不停地抚摸着豹背，猛然间站起来大声尖叫：“好，卖花姑娘，我一定要折磨得你死去活来！你是杀死我心爱的豹子的凶手！我真想马上就杀了你。”

说完，老年恩田的身影消失不见了。

大　火

神谷芳雄虽说全身软绵绵的没有一点儿力气，脑袋瓜一片空白，可唯独眼睛还牢牢凑在窥视孔前。

片刻，野兽模样的青年恩田似乎恢复了元气，一边用舌头吧嗒吧嗒来回舔嘴唇，一边摇摇晃晃地站起来。五官挤成一团的黑色脸上，浮现出兴奋不已的笑容。

他这么笑，也许是老年恩田原谅了他的缘故。

可洋子小姐尚未恢复元气，害怕得全身直打哆嗦，眼睛盯着青年恩田的脸。

青年恩田的眼睛里射出刺眼的蓝光，脚步朝洋子的方向移动。他紧逼过去，顷刻间，眼睛通红的青年恩田歇斯底里地朝猎物洋子小姐扑去。

神谷芳雄的忍耐已经到了极限，不想也不愿再看到这种恐怖的场面。

“啊，啊！”

顿时，他眼冒金星，跌跌撞撞地瘫软在地上。

少顷，从隔壁房间里传来洋子小姐断断续续的悲鸣声。渐渐地，隔壁房间连轻微的声音也听不见了。

唉，披着人皮的恩田野兽，最终把可爱的洋子折磨死了。

那以后过了很长时间。

不知不觉的，大概是深夜来临了。原来，借助从窥视孔射入的光线尚能看清楚的房间，眼下暗得什么也看不见了。

坐在黑暗里的神谷芳雄，不由得思念起惨遭迫害的洋子小姐，禁不住伤心地痛哭。突然，他觉得好像有人在叫自己。

同时，漆黑一片密室般的牢房里，不知从哪里射来一丝红光。于是，他赶紧朝着声音传出的方向摆开架势。

“喂，喂，你哭什么呀？什么事情使你这么伤心呀？”

有说话声！顷刻间，黑暗里浮现出仿佛被割成方形的眼睛和鼻子。是恩田的父亲！就是那个满脸银须的老年恩田！他正站在门外走廊上，眼睛凑在方形窥视孔上，借助烛光观察五平方米牢房里的情况。

神谷芳雄转过脸盯着老年恩田的脸，一句话也没说，也不知道究竟怎么回答才好。如果张嘴说话，也许悲伤的心情会导致声音颤抖。

“喂，你那张脸怎么啦？”

老年恩田借助烛光，察觉到神谷芳雄脸上有仇恨的表情。

“哈哈啊……一定是这么回事！你大概目睹了刚才那个

过程吧？咦，你是怎么看见的？哦，哦，是啊，板墙上有孔。你肯定是从那里偷看了整个过程。哎，你到底是看见还是没看见？”

神谷芳雄没有吭声。其实，他根本就不愿意回答，那张怒气冲冲的脸表明了一切。

“嗯，你是看见了吧！假如你真看见了，那确实会引起你伤心。可遗憾的是，你也不可能从这里出去了。如果说我为什么不能放你出去，我就是不解释，你通过刚才那过程也应该明白是怎么回事。好，不说这些了，你自己好好地想一想吧！嘻嘻嘻……”

话未说完，窥视孔盖已经关闭了，老年恩田走了。刹那间，房间里又回到刚才的漆黑和宁静。

老年恩田说的意思很清楚。你神谷芳雄既然看见他儿子青年恩田杀了人，那你就不可能活着离开这里。

再过一会儿，老年恩田也许会送青年恩田进来，让他像杀死洋子小姐那样杀死神谷芳雄；或许老年恩田会亲自开枪，像射杀真豹那样轻而易举地处死神谷芳雄。

即便他不这样做，只要像这样继续关押自己，也要不了多久就会饿死的。

可要想从这里逃走，就得在板壁上破一个大洞。可板壁如此之厚，牢门如此坚实，再说手上又没有任何工具，赤手空拳是不可能破壁突围的。

唉，神谷芳雄此举太愚蠢了！就是想救出好友洋子，也不能不考虑一下以自己的力量是否可行，更不应该单枪匹马盲目闯魔窟，而且临出发前也不告诉任何人，简直是飞蛾扑火。

像他这样做，既救不出洋子，还把自己也搭上了。遇上这种场合，应该先去报警，让警察包围这里救出洋子。

眼下，再怎么懊悔也已经来不及了。摆在面前首要的任务，是考虑如何从这密室般的牢房逃出去，把恩田父子的罪行报告警察，让警察替洋子小姐报仇。

只有这样做，才是告慰九泉下洋子的最好办法。倘若神谷芳雄他也在这里不明不白地死去，恩田父子的杀人罪行就不可能暴露在光天化日之下，他们将永远逍遥法外。

嗯，我绝不放过这对父子！一定要让法律严惩他们！好，我一定要设法从这里逃出去！

神谷芳雄沉思着，手不经意地伸入口袋。谁知手就这么一伸，居然计上心来。

“啊，我带火柴了！”

他从口袋里取出火柴数了一下，随后擦着其中一根。于是，黑暗里忽地出现红色的火光。借助火柴光，他察看了牢房的所有角落，脑子里的越狱计划渐渐具体化了。

“是的，除了这没有其他更好的办法了，孤注一掷试试吧！”

他急忙脱了衣服，浑身一丝不挂后，再把衬衫和短裤等捏成正好手可以握住的大小，再穿上外套。随即又从口袋里掏出笔记本和纸巾之类可以燃烧的东西，与衬衫一起揉成一团，放到房间最里面的板壁角落。

他一连擦了好几根火柴都没有点燃，擦着擦着，终于有一根火柴被点燃，于是他点燃了笔记本和纸巾。火，蔓延到衬衫的袖口上。

“好！”

神谷芳雄使劲儿点头，像疯子那样手舞足蹈，刹那间也许想起了什么奇怪的事情，居然张大嘴巴狂笑起来。

“啊哈哈哈……”

神谷芳雄那让人不寒而栗的笑声，顿时响彻住宅的每一个角落。

他不停地笑了好一阵子……终于，门外传来脚步声。当看见有人打开窥视孔朝里望时，赶紧刹住不再笑了，敏捷地躲到从窥视孔看不见的门边角落蹲下，屏住呼吸等着开门。

从窥视孔查看牢房情况的，还是老年恩田。当发现房间最里面角落着起的火止吐着红红的火舌时，不由得手忙脚乱，惊慌失措。如果置之不理，火势就有可能蔓延到板壁，继而蔓延到……

老年恩田连忙卸下门闩打开房门，为了灭火不顾一切地闯入房间。

“机不可失！”

神谷芳雄见房门打开，顿时像飞出枪膛的子弹，“嗖”地从老年恩田腋下蹿到走廊上。

“啊！”

老年恩田大声惊叫。

只见神谷芳雄使出全身力气“啪”地关上房门，随后敏捷地插上门闩。

“好极了！”

真没想到形势发生逆转，老年恩田反被禁锢在五平方米的狭小牢房里。关押他的，却是前不久被他关入牢房的阶下囚神谷芳雄。

神谷芳雄此刻很冷静，对！不能麻痹大意，稍一磨蹭，青年恩田也许会赶来救助。想到人形豹的残忍，不由得浑身颤抖着在走廊上狂奔起来，穿过老年恩田的研究室跑出玄关。

在院子里他仍然拼命疾跑，一骨碌跳到铁门外面后三步并作两步地跑向森林，连滚带爬地穿过森林后来到没有路的草地上。

天空还是那么阴沉，没有星星，只有寒冷的狂风不时地迎面扑来。转过脸回头看，树林犹如漆黑的巨人，树枝犹如巨人伸长的手臂，似乎要把神谷芳雄拽回老年恩田的牢房。

突然，他发现树林里有光闪烁，心想可能是来自老年恩田住宅的灯光吧。转而一想，觉得很有可能是追兵青年恩田眼睛里射出的蓝光呢。于是，不顾一切地奔跑起来。

尽管口干舌燥，剧烈的心跳仿佛堵住了嗓子眼，但心里只有快跑的念头。他跑到大路上，一看见路灯和沿街店铺的灯火，赶紧跑到距离最近的糕点铺门口，连招呼也没打就拉开玻璃门，随即瘫软在店堂地面上失去了知觉。

店主立即报告警方，赶到店铺的警官扶起稍恢复元气的神谷芳雄，问清缘由后让他带路。这时，距离神谷芳雄逃出牢房已经过去很长时间了。

警官们打着手电，迅速赶往恩田别墅。走在前面的神谷芳雄，似乎发现了什么，猛地停住脚步发起愣来。

“怎么啦？你是不是发现什么啦？”

一名警官见他发愣便吃惊地问道。

警官们也都听神谷芳雄说过恩田父子的情况，本来就有点儿紧张。

“瞧，快瞧那里！那火到底是怎么回事？”

顺着神谷芳雄说的方向朝树林里望去，恩田别墅像一团火球正在噼里啪啦地燃烧。

“咦，那不是着火了吗？”

“好像是的。哎！你不是说你出逃时点燃了衬衫什么的吗？肯定是那些东西形成大火的。”

警官们一致认为。

“不是的，那怎么可能！就那么一点点火，老年恩田不费吹灰之力就可扑灭的。再说如果那是人火的起因，整个树林早就变成一片火海了。”

不管怎么说，还得走到现场附近观察情况后才能下结论。于是，大家加快脚步朝那里跑去。

随着与树林之间的距离越来越近，火势也越来越大。当他们来到恩田别墅跟前时，已经是无法扑灭的熊熊大火了。

黑烟滚滚，火光冲天，所有窗户都蹿出暗红的火舌，噼里啪啦的燃物声响和惊天动地的倒塌声响此起彼伏，整个树林里被火光照得火红火红的。

“嗯，恩田父子为焚毁证据用火点燃了住宅。眼下，他们肯定已经逃到什么地方躲起来了。”神谷芳雄嘟囔着说。

一名警官朝来时的路奔跑，去通知消防队前来救火，其余警官在现场周围搜查可疑人物。不用说，恩田父子俩早已逃之夭夭。

无疑，恩田父子是见神谷芳雄逃走才下决心的：烧毁住宅，销毁证据。

可这对如同野兽般的恩田父子绝不可能因此金盆洗手！仅失去一头豹便恼羞成怒，像杀小鸡那样杀害了洋子。这对草菅人命的恩田父子，总有一天还会兴风作浪，残害无辜的。

想到这里，神谷芳雄深感恐惧，惶惶不可终日。

出　山

那以后，这对似兽非兽的父子俩消失得无影无踪，无论警方怎么搜寻，都没有找到他们的下落。随着时间一天天过去，神谷芳雄也渐渐淡忘了。

一天，神谷芳雄接到来自当红歌星江川晴美小姐的电话。她曾经在黑百合咖啡馆唱歌时，得到过神谷芳雄的热情帮助，好友关系一直保持到现在。

“神谷君，好久不见了！”

“是啊，难得你打来电话！你唱的歌简直让我着迷！我还常常收听你在电台里唱的歌呢！”

“谢谢！不过，我从此不能再唱歌了！”

“为什么呀？喂，你快说呀！到底为什么？哎，你是在哭吧？”

“神谷君，有人要对我下毒手。”

“什么？有人要对你下毒手？”

“是的，那家伙肯定要对我下毒手！神谷君，你也许听说过像人又像豹的歹徒吧？就是人形豹！”

“人形豹？”

“是的。我收到人形豹的来信，说今晚上门绑架我。”

“嗯，明白了，我马上就去你那里。哎，你现在在哪里？”

“在大都剧院的后台！我去跟值班人说，让他放你进来。请快点儿过来！”

江川晴美的颤抖声音在电话那头消失了。

神谷芳雄立刻换上学生装，朝大都剧院跑去。

“谢谢你特意为我而来！”

“神谷君，晴美太危险了！该怎么办呢？”

江川晴美的妈妈站在一旁，提心吊胆地问道，一个劲儿地恳求神谷芳雄。

“对付人形豹，光我一个人不是他对手。这是一个不可想象的怪物。”

神谷芳雄原原本本地说起自己的经历，描绘她们不曾见过的恩田父子。

“那，我们该怎么办呢？”

“依我的想法，只有求助警方。要不然，一旦晴美小姐遭到绑架就糟了。还是快报警吧！请警方保护晴美小姐。这消息，最好事先别让人形豹知道。”

神谷芳雄让他们立即报警，请与自己熟悉的中村警长带警察来剧院。吩咐完毕，他混入观众中，坐在观众席最前排座位上。

环视整个剧场，他发现稠人广坐的观众席上坐有数不清戴着面具的观众，面具的表情一律是笑嘻嘻的。让所有观众在脸上戴面具，是《假面女王》节目的需要。为此，剧院特意给观众准备了面具。这场戏上演前，剧院广告宣传部大力宣传该节目，招徕许多观众。每天上演的时候，剧院里仿佛变成不可思议的假面舞会的舞场。

神谷芳雄无可奈何，也被迫戴上面具坐在观众席上。

片刻，随着舞台幕布朝两边拉开，《假面女王》节目登场亮相。

鲜花朵朵的花园布景，扮演黑白蝴蝶的舞蹈演员跳起欢快的华尔兹舞。舞蹈一结束，戴着黑色面具的江川晴美登场了，唱起人们熟悉的歌曲《华尔兹》：

令人思念的美好回忆，
是美妙的华尔兹旋律，
今晚又将在耳边回响。
可爱的姑娘哟，
如今你在哪里，
……

江川晴美唱完这首最拿手的《华尔兹》，博得全场数千观众的喝彩。这时，江川晴美突然像蒸发了那样从舞台上消失了。

“咦，怎么回事？是表演魔术？这首歌还没唱完，歌手怎么突然不见了呢……难道出什么事了？”神谷芳雄心跳加速。

顷刻间，台下观众们议论纷纷，喧闹起来。殊不知，吃惊程度远远超过观众的则是江川晴美本人。就在她全身心投入演唱的时候，脚底下的舞台地板剧烈摇晃，紧接着出现了正方形窟窿，江川晴美刹那间朝着漆黑的洞底坠落下去。

等到她神志清醒的时候，察觉舞台和观众席都不见了，自己的整个身体则趴在潮湿而又昏暗的地下室地上。

啊，明白了！有人突然打开控制舞台活动地面的升降开关，使她猛地坠落到舞台地下室。谁在开这么无聊的玩笑？简直是恶作剧！

江川晴美明白原委后，顿时瞪大两眼打量光线暗淡的舞台地下室。果然，她发现了三个黑影。其中一个幽灵般的黑影朝她走来。

啊，是他！是那个在黑暗里眼睛闪射蓝光的家伙！听，他那喘气声酷似野兽。无疑，他就是社会上曾经传说的人形豹恩田。

由于江川晴美周围的保护措施十分严密，人形豹恩田怎么也接近不了她，便采用出人意料使其突然坠落的手法绑架了江川晴美。

此刻，他右手上握有用手帕裹住的白色的东西，无疑，是用来麻醉江川晴美神经系统的，得手后抬着昏迷的江川晴美逃离舞台地下室。

“哇！”

只见人形豹恩田的右手一扬，江川晴美的喉咙深处传出尖叫声。

剧　院

舞台中间的升降地面，也就是江川晴美刚才站的地方，眼下黑乎乎的，这里是通向舞台地下室的升降口。这时，从升降口里传出的撕心裂肺的悲鸣声，在整个剧场上空回荡，由强渐弱，由近渐远，瞬间消失了。

“啊，是晴美小姐？她可能遭暗算了？”

坐在观众席最前排的神谷芳雄，赶紧从座位上站起来。

舞台上，合唱团的十多名歌手像木偶那样全愣住了，所有伴奏的乐器也戛然停止了。

观众席上，无论是楼上还是楼下的观众全都哗地站立起来，叫嚷声一浪高过一浪。大家尽管叫嚷，可心里都很明白，舞台上发生了恶性事件，都打算迅速逃出剧场。

尽管神情紧张，可都因为面具上嬉笑表情的缘故，看起来似乎都毫不在乎江川晴美的遭遇，相反觉得可笑而嘻嘻哈哈的。

这时，人形豹像醉汉那样蹿出昏暗的舞台地下室，腋下挟持着因麻醉而昏迷的歌手江川晴美。

舞台地下室有好几个出口，人形豹恩田瞅准的是通往剧场后身那片空地的通道。他把钱塞到剧务人员的手里，不费吹灰之力地接过开后门的钥匙。

此时，后门外面的黑暗空地上停有他手下驾驶的轿车，正在等他带着猎物返回。

他像疯子那样挟持着江川晴美狂奔，任江川晴美的脚与水泥地面摩擦。就这样，一直拽着来到车门跟前。当他将车门打开五六厘米宽的缝隙时，好像吃了一惊，赶紧关上车门。

原来，他发现距离轿车不远的地方有两名警官在巡逻，于是转过身沿着来时的路又狂奔起来。

恩田跑到配电室门前，发现朦胧灯光下站着被他用钱收买的剧务人员。

“怎么啦？你去哪里？”

“糟啦！出不去了，那里有两名巡逻警官。”

“哎呀，这下可麻烦了！哦，不行！有脚步声，有人朝这里来了，好像不止一个两个，你快逃吧！”

“我不是在问你吗？应该朝哪里逃呀？”

“我看已经逃不走了。除舞台后门外，其他地方都是人山人海的。”

“那好，你帮我做一件事，去上面配电室关掉所有照明灯，让剧院变得漆黑一片。这样一来，我就可以趁机混入观众席。哦，成功后我给你三倍酬金。”

“行，行，你快朝这边逃，那是去舞台后门的近路。”

剧务人员说完，三步并作两步地走了。人形豹恩田则挟持着江川晴美，朝那条通往舞台后门的近路跑去。

合唱团的歌手们在舞台上围成一团，浑身还在哆嗦。台下观众全站立着，嘈杂声像鼎沸的开水。

“快降幕！快降幕！”

不知从哪里传来叫喊声。然而不知什么缘故，幕布就是降不下来。

忽然，舞台变得一团漆黑。

“咦，幕布还没降下，灯光怎么就熄灭了呢？”

就在人家感到不可思议的时候，舞台上的灯又亮了，而观众席上的灯光熄灭了。

刹那间，舞台前后传来许多人的叫嚷声：

“快开灯，快开灯！”

于是，观众席上的灯亮了。可接下来的一瞬间，整个剧院的灯光像闪电那样不停地闪烁。

刚恢复安静的观众席，此刻又人声鼎沸起来。男人们的叫嚷声，女人们的尖叫声，孩子们的哭泣声，简直像大合唱。

照明灯时亮时暗。灯亮的时候，大家的脸上由于戴有面具，都是清一色微笑的表情。由于惊慌失措，观众们居然都忘了卸去脸上的面具。

不一会儿，令人胆战心惊的照明灯闪烁终于停止了，取而代之的是长时间笼罩着剧场的黑暗。这段时间里，观众席上的大合唱出现了高潮。刹那间，从走廊到门口变得拥挤起来。

一些深感不安和胆小的女观众，在黑暗里你推我搡，争先恐后，朝门口挤去。有的被踩着了脚而叫喊，有的被推倒在地而哇哇地哭泣。

少顷，剧场的照明灯光又亮了，不再闪烁。

亮如白昼的舞台上，站着叉开双腿的怪人，头发蓬乱，脸色发黑，目光闪烁，嘴唇通红，牙齿洁白，身上的黑色西服满是褶皱。

“是他！他是杀害洋子的凶手！也是恫吓江川晴美的恶魔！”

神谷芳雄发疯似地叫嚷，迈开大步冲向舞台。

“各位观众，这家伙就是臭名昭著的人形豹，银座的卖花姑娘洋子小姐就是他杀害的。”

顿时，人形豹恩田由于受到神谷芳雄的指责而惊慌失措，在舞台上忽左忽右地奔跑起来。此刻，他已经暴露而无法混入观众席，好像在选择其他逃跑方法。

闹剧

陷入窘境的人形豹恩田嘎嗒嘎嗒地颤抖着身体，似乎犹豫不决拿不定主意。须臾，他像豹那样沿舞台上的柱子爬向天花板。他的动作像猫那样敏捷，三下两下便消失在天花板上。

舞台的天花板上装有各种各样的机关，有控制浅黄色幕布的轨道，有安装着照明灯的隔板，有排雨水的落水管，有使雪纸纷飞的大竹篮……

人形豹恩田沿着幕布轨道逃到舞台中央的天花板上，整个身体倒挂在那里的大竹竿和大竹篮上，眼睛里射出蓝色的目光朝着观众闪烁。

“快来人呐！快帮我一起抓住他！否则，这家伙会杀害江川晴美的！”神谷芳雄提高嗓门大叫道。

“哎，你们谁能爬到天花板上？”

巡查警官大声问道。看来，警官爬不上那么高的地方。

“我去！我去爬对面的梯子，可以不费力地把他拽下来。”

年轻的剧务在脑袋上缠上头巾，噔噔噔冲到对面。看模样他是擅长爬高的能手，他像人形豹恩田那样动作敏捷，脚一沾木梯，没几下就爬到人形豹恩田身边。

猛然间，雪纸竹篮晃动起来。在彩灯照射下，雪纸竹篮每晃动一次，天花板上便飘下片片雪花，舞台上出现了雪花漫天飞舞的景象。

从天花板上飘落的不光是雪纸，还有盛大庆祝会结束前高潮时使用的金纸带和银纸带，这些纸带光芒四射，相继降落。

一条，两条，三条……金银纸带开始是有规律地从天花板上降落。可片刻后，几十条乃至几百条的金银纸带朝舞台地面降落，宛如倾盆大雨。

舞台上，弥漫着金银纸带和片片雪纸。舞台天花板上，人形豹恩田与剧务工作人员正在忘我地搏斗。

少顷，纸带和雪纸把舞台地面堆得厚厚一层，白花花的一片。突然，像雨点儿那样的东西嘀嗒嘀嗒地掉落在雪纸上。瞬间，舞台地上的纸带和雪纸被染成鲜红的颜色。

“啊，我们上当了！那是血，血！”

大家吓得大声叫嚷道。

天花板上，人形豹的爪子撕裂了年轻剧务的喉咙，血顺着喉咙的伤口不停地往外流淌，洒落在舞台地面上。

刹那间，只听得扑通一声，年轻剧务从天花板上滚落到地上。

“畜生！”

警官无暇顾及年轻剧务的伤情，摆开射击架势，沿木梯奋不顾身地朝上攀登。

“下来！再不下来就开枪了！”

“砰！”枪口喷出了火花。

没想到人形豹害怕子弹的威力，倾斜着身体跳到舞台地面上。

“听好了！不准动！”

观众们围成一团，拥向人形豹恩田。

舞台上一片混乱，后面的人压在前面的人身上，出现了一座“人山”。

“喂，抓住他！就是他！警官，把他绑起来！”

随着叫喊声，“人山”崩溃了。

出现在大家面前的，是两个被雪纸沾满了脸的男子，两个人的脸上都戴着面具。只见一名男子骑在另一名男子身上，按理说被骑在下面的男子应该是人形豹。

“请扯下这家伙的面具！”

原来，骑在上面大声叫嚷的是神谷芳雄。由于自己的双手和人形豹的双手纠缠在一起，希望旁边的观众能拔刀相助帮一把。这时，他猛然觉得对方的臂力不是很大，不由得半信半疑起来。

当时，攀缘柱子上天花板的人形豹根本没戴面具，而现在被自己抓住的人形豹居然戴着面具。刚才自己是认准人形豹而扑上去抓他的，可眼下根据臂力判断，对方似乎不像是凶悍的人形豹。

“行，我去摘他脸上的面具。”

一名年轻人自告奋勇，跑到被骑在地上的人形豹跟前，一把扯下面具。

“咦，抓错了！这家伙不是人形豹！”

警官们和神谷芳雄气得脸色铁青，赶紧扫视周围。

可周围的工作人员和合唱团演员，他们脸上仍戴着面具。

“各位女士、先生，请快摘下脸上的面具！人形豹就混在你们中间，请快摘下！”

神田芳雄大声嚷道。大家被他这么一提醒，赶紧把手放在面具上。这时，只要呼啦一声撕下面具，混在舞台上人群里的人形豹就能暴露无遗，束手就擒。

说时迟那时快，所有照明灯又熄灭了，剧场里又是一团漆黑。

原来，人形豹恩田的同伙悄悄潜入配电室拉下了照明灯的总电闸。

后来灯又亮了，可时间已经过去了好一会儿。尽管数千名观众都摘下了自己脸上的面具，可就是没见着人形豹。

追　赶

剧场中止了演出，不一会儿，数十名警察赶来了，站在出入口严格检查每一个出去的观众，但最终还是没发现人形豹。

观众都走了，警察们便在空空荡荡的剧场里展开地毯式搜查。搜查结果，不但没找到人形豹恩田的踪影，也没发现女歌手江川晴美。

警察们无可奈何，只得怏怏而归。接着，舞蹈演员、合唱演员和剧场工作人员也陆陆续续回家了。

最后，剧场里还留下七个自以为身强力壮的男子，此外还有江川晴美的母亲和神谷芳雄。他们围坐在后台的榻榻米房间里，相互谈论，分析人形豹恩田和江川晴美的下落。

“我总觉得人形豹恩田还隐蔽在剧场里的某个角落。”

“喂，你别吓唬人！可他要是还在，多半躲藏在舞台地下室里。虽警方认定他逃到了观众席，但我觉得那样的结论不合逻辑。因为，他当时没有那样的时间。按我的分析，他肯定是从升降口逃回到舞台地下室去了。”

“嗯，你的推断也许是正确的？但他如果还在剧场里，那江川晴美在哪里呢？”

“这还用问？当然跟他在一起喽。”

“这么说她还活着？”

没有人能回答这样的提问。

刹那间谁都不吭声了，胆怯的眼神相互传递着。

“哎，换个话题好吗？”

不知是谁这么说了一句。

这时，坐在角落里的男子用手提示大家别出声。

“嘘……别说话！”

“那是什么声音……听，你们没听见那声音吗？”

声音很轻，似乎是远处传来的女人的悲鸣声。

“咦，那是女人的叫声！”

“嗯，是从哪里传来的？”

性急的年轻人腾地站起来。

“是从舞台地下室。”

神谷芳雄带头朝舞台地下室飞跑过去。

地狱般的昏暗地下室里，没灯罩的灯光很微弱。大家在地下室找了好几遍，连人影也没见着。

“咦，有人在哭？哎，你们听见了吗？”

仔细听，确实有哭泣声。这一回，声音来自很近的地方。

“噢，明白了，肯定在这里面！”

神谷芳雄说完，用手指着纸糊菩萨。这是上月使用过的道具，用完后一直被扔在地下室里。

大家忽地围住纸糊菩萨，其中一名男子喊道：

“是它！”

说完，他猛地推倒纸糊菩萨。扑通！没有什么重量的纸菩萨随即仰卧着倒在地上。

“啊！”

大家异口同声地惊叫起来，果然是人形豹恩田。只见他忽地站起身来，脚边躺着神情沮丧的江川晴美。

“呸，你这魔鬼！”

大家分别从前后左右刷地围住人形豹恩田。此时此刻，他就是三头六臂也休想敌过这些膀圆腰粗的小伙子。

可察觉情况不妙的人形豹恩田，猛地张开两侧连接耳根的血盆大口，摔倒第一个扭住他的小伙子，随即敏捷地向后倒退，转身朝黑暗里跑去。

“他逃跑了，快守住出入口！”

“谁快去给警方挂电话！”

大家相互提醒，跟在人形豹恩田身后紧追不舍。

“江川晴美小姐，快睁开眼睛！”

神谷芳雄和江川晴美的母亲一起，搀扶着江川晴美沿着昏暗的走廊朝前走去，打算返回刚才的榻榻米房间。

“咦，这东西是谁拿到这里来的？”

一只好像用布和棉花制作的布偶大老虎，就在神谷芳雄的脚边。如果刚才不注意，神谷芳雄很有可能被它绊倒在地。

神谷芳雄绕过布老虎继续沿着走廊朝前走，没想到布老虎如梦初醒般地慢腾腾地抬起脑袋，稀里哗啦地晃动起身体来。

如果真是布老虎，按理不可能动弹。既然能动弹，说明里面肯定有人。少顷，布老虎迈起步来，追赶已经走远的神谷芳雄他们。

其实，布老虎的外壳并非布制作的，而是确确实实的真皮，因此非常逼真。加上四条腿着地行走的模样，无论从哪个角度看，都会觉得它是栩栩如生的老虎。

神谷芳雄返回刚才的榻榻米房间，就在他给江川晴美盖上被子是那一刻，披着虎皮的怪物正从门口经过，随即趴在后台门边的鞋箱的旁边。那无精打采的模样，细看酷似没有生命的布老虎。

片刻，后台门外面传来纷乱的皮鞋声响，紧接着传来敲门声。于是，年轻的剧场工作人员迅速去那里开门。

"是谁？如果是警察……"

他大声问，门外传来"我们是警察"的回答，年轻人便把门打开了。

"怎么？听说你们发现人形豹了？在哪里？快带我们去！"

十多名警察呼地涌入。

可找遍整个剧场的七个男子，脸上露出无奈的表情回答说："那家伙又不知藏到哪里去了。"

"咦，这里怎么会有老虎？真危险！"

眼尖的警官发现鞋箱旁边趴着一只布老虎，开玩笑地说。

“喂，喂，又是谁把它拿到这里来的？嗨，这是布老虎，不会咬人的。”

年轻的工作人员人也开玩笑地答道。

话音刚落，布老虎竟呼地四脚撑地站了起来。

“哇！”警官见状大声惊叫，不由得站在走廊上直发愣。

“哈哈哈……你们这些傻瓜！”不知从哪里传来嘲笑声。

布老虎一个箭步，飞也似地蹿出敞开的后台门。

“啊，是他！这家伙居然偷盗虎皮化装成布老虎！快，快，快追上去。他就是人形豹！”

一名工作人员大声提醒。

站在走廊发愣的警察们被这么一提醒，拔腿朝门口跑去。

剧场外面，皎洁的月光给周围染上了如海底般的蓝色。沐浴着月光的柏油路上，狂奔着一头幻影般的布老虎。

警察们则在后面大声叫喊，紧追不舍。老虎像飞出弦上的箭那样越跑越快，在警察的视野里迅速变小，沿着道路转过几个弯后瞬间无影无踪了。

“哎！是真的老虎吧？如果是人，就是双手配合双腿也不可能跑那么快。”

警察们恍恍惚惚地伫立在月光下，不明白刚才的情景究竟是真还是假。

威　　胁

返回公寓的神谷芳雄，把一天的见闻详细告诉了姐姐神谷久美子。

“啊，你有惊无险，太幸运了！”

姐姐神谷久美子如释重负般地嘟囔着继续说道。

“哎，我说呀，今后，不光江川晴美，就连你也别麻痹大意。也许你有可能成为歹徒的下一个目标呢？因此，我劝你最好别再管这种闲事了。”

神谷久美子为弟弟神谷芳雄担心起来。这时传来敲门声，好像有客人来。

“这时候会有谁来呢？”

神谷久美子放下正在编织的毛衣，打算起身开门。

“姐姐，我去开门，也许是晴美小姐又遇上什么情况来报信的？”

神谷芳雄拦住姐姐，接过钥匙说。

“是谁？”他问。

于是，门外传来粗哑的叫声。

“请开门，出事了！”

来访者接着又说了些什么，可声音嘶哑，听不清楚是什么意思。

“是啊，果然是江川晴美遇上不吉利的事了。”

神谷芳雄按捺住忐忑不安的心情，咔嚓打开房门。突然，只听他惊叫一声，随即魂飞魄散似的倒在地上。

张开血口的老虎朝着神谷芳雄猛扑过来。奇怪的是，老虎闯入房间后竟然用嘶哑的声音说起话来：“神谷君，你好像忘了我说话的声音啦？喂，仔细回忆一下吧！一年前，你不是在银座咖啡馆里听到过这样的声音吗！我想，你是永远不会忘记的吧？喂，怎么不说话？哈哈……你害怕了？害怕说出我的名字吧？”

“你，你是人形豹！”

“嗯，你说对了！我就是人形豹！哎，坐在那里的人是你姐姐吧？”

“哎，你来我这里想干什么？”

“是为了警告你。今天的失败，完全是你的原因。听好了，神谷君，希望你保证不再给我添麻烦。如果你不答应，我会杀了你的姐姐，让她代替江川晴美去死。你瞧，你可怜的姐姐正坐在对面椅子上颤抖！听见了吗？神谷君，我说，你还是接受我的要求吧。”

“不！我不会接受你无理的要求！”

“什么？你敢不接受？”

突然，人形豹恩田朝神谷芳雄扑去。

说时迟那时快，砰！响起刺耳的枪声。与此同时，哗啦！神谷久美子身后的窗玻璃四分五裂。

“啊！”神谷芳雄惊叫，目光迅速移向房门。门口站着住在隔壁房间的警察，他两腿叉开，手上的枪口正在冒烟。

这颗子弹既没打中人形豹恩田，也没打中神谷芳雄，而是从神谷久美子耳边穿过飞向窗玻璃。

“呜！”

最为吃惊的要数人形豹恩田。只见他纵身一跃，从破碎的玻璃窗蹿向窗外黑暗的院子里。

“啊！”神谷芳雄奋不顾身地跑到窗前朝下俯视，因为神谷芳雄的房间是在公寓二楼，可人形豹恩田根本没把这点儿高度放在眼里，也不给警察再次射击的机会，跳到地上后一溜烟儿地从院子里消失了。

合　计

那天晚上由于出现不速之客人形豹恩田，吓得神谷芳雄和神谷久美子姐弟俩一夜没睡好觉。

第二天，天蒙蒙亮，神谷芳雄立即去江川晴美家查看，好在什么也没有发生。可喜的是，江川晴美身体恢复了。

“太好了！我一直在担心人形豹恩田去你家了。”

“神谷君，你也觉得恐怖吧？不过，奇怪！他为什么要扮成老虎呢？”

“我到现在也没弄清楚，人形豹恩田究竟是人是豹还是虎。总之，目前看来那家伙是杀人不眨眼的恶魔。”

“真可怕，希望你别再说了！”

“哦，对不起，对不起，我一不小心就说过头。瞧，今天多么晴朗，咱俩打网球决胜负好吗？”

“好的，可我不会输给你的。”

江川晴美换上网球运动服，似乎全然忘了人形豹恩田的事，来到院子。

片刻，白色网球在院子里飞来舞去。

神谷芳雄打出的球滚到廊子下边，江川晴美追上去弯下腰捡球时，不经意地朝廊子下边扫视了一眼，刹那间脸色骤变。

“神谷君，糟啦！快！快过来！”

神谷芳雄跑到那里，朝廊子下边张望。

“哇！糟糕！”他也大声嚷道。

听到神谷芳雄惊慌失措的叫声，江川晴美的妈妈急忙跑过来。

“妈妈，不好了，人形豹恩田躲在廊子下边！”

“什么？是人形豹？”

廊子下最里边的地方尽管光线暗淡，可那里确实趴着一只看似精疲力尽的老虎。

神谷芳雄摆开迎战架势，朝廊子下边吼道：“喂，恩田，滚出来！别装模作样！快出来，今天一定要抓住你。”

神谷芳雄喊了又喊，可人形豹恩田既不搭理他也不挪动身体。

难道睡着了？不，不可能！奇怪！哦，是啊，也许……

神谷芳雄捡起脚边的一根棍棒，毫不胆怯地直捣人形豹恩田。可是，那家伙没任何反应，而且全身软绵绵的。

“咦，手感告诉我，那好像是一张皮。人形豹恩田一定是脱下虎皮把它扔在这里了！好，没危险了，我来把虎皮拽出来！”

神谷芳雄把虎皮从廊子下边拽了出来。

“就是这，瞧！”

神谷芳雄一把抓住虎皮喉咙部位提起来，那模样看似老虎尸体。

“哎，神谷君，那家伙脱下虎皮想干什么？肯定是躲到哪里去了，多半打算等到天黑时出来。”江川晴美不无担忧地说。

是啊，江川晴美估计得一点儿没错。像这样满肚子坏水的歹徒，什么都想得出干得出。

也许他就隐蔽在廊子下边别的什么地方，或许躲在天花板夹层的黑暗里等待天黑。没准，这家伙藏在壁橱里养精蓄锐？倘若打开壁橱门，冷不防会从里面射出两道刺眼的蓝光？

神谷芳雄提心吊胆，环视四周。

突然，他发现了什么！瞧，廊子下边和院子里净是人形豹恩田的脚印。天没亮的时候，这家伙肯定在这里走来走去而留下令人不寒而栗的脚印。

“神谷君，快报警！”

江川晴美的母亲提醒说。神谷芳雄立即给警方挂了电话。

少顷，中村警长带着部下赶来。他与神谷芳雄是老熟人。警察们从江川晴美家的廊子下边一直搜查到天花板上的夹层，除已经发现的虎皮和脚印外没找到新的线索。显然，人形豹恩田并没有埋伏在江川晴美的住宅里。

警察们只得暂时返回警视厅。而这时，大都剧场的工作人员和江川晴美的朋友先后赶来探望。热情的问候声和人来人往的热闹气氛，使江川晴美、她的妈妈和神谷芳雄把刚才的恐怖场面置于脑后了。

到了下午，年轻事务员熊井来了。他擅长柔道，自从江川晴美被人形豹恩田盯上后，他就主动承担了接送江川晴美的任务。此刻，热闹的场面已经结束，住宅里就剩下江川晴美母女俩和神谷芳雄。

前来探望的人走后，住宅里一下冷清起来。再过片刻就是黄昏。一旦暮色降临，尤其是进入黑夜的时候，人形豹恩田又将兴风作浪。

今晚，这家伙一定会上门寻衅滋事。不，多半不是从外面进来，而是已经埋伏在住宅的某个地方等待时机。

江川晴美忧心忡忡，常常是话说到一半时突然停止，侧耳辨别周围的动静。她不停地重复这样的动作，而且每次都是脸色苍白。

“好了，你到底怎么啦？又哪里不舒服啦？”

妈妈担心地问她，只见江川晴美把手指放在嘴唇之间“嘘——”地轻声示意，随后说道：“别说话，我听见粗重的呼吸声！那家伙一定是在天花板上的夹层里。你们说说看，我住哪里安全呢？看来，我应该逃到他找不到的地方居住。”

“晴美小姐，说什么呀？你这是神经过敏！天花板上夹层里就是有呼吸声，房间里也不可能听见。别胡思乱想了！他不可能藏在天花板上！”

神谷芳雄嘴上这么说，可心里也犯起愁来，江川晴美如果继续住在家里也许难以躲避危险。

“最好的办法是，连你居住的地方也要做到绝密。就是说，住到他够不着的地方。可如果选择江川晴美的亲戚或朋友家，要不了多久就会被察觉。唉，我一时还真想不出能帮助我把你隐藏起来的朋友……”

神谷芳雄说到这里陷入沉思。

这时，熊井说话了：“我有好办法了，这还是一个绝对的好办法！要是那样做，晴美小姐就完全可以脱险了！神谷君，这你可能没听说过吧？”

熊井说到这里压低嗓音，不动声色地望了一眼天花板。也许，他担心人形豹恩田躲在上面的夹层里。

“我担心在这里说可能发生意外，还是去热闹的街上边散步边说吧？”

神谷芳雄提建议说。

“哦，这主意好！行，让江川晴美的妈妈在家，我们三个人外出合计！”

熊井立刻表示赞同，站起身来。

应　聘

离开江川晴美的家，沿着小路走了一百米左右，来到一条热闹非凡的电车路沿线的街道上。熊井、神谷芳雄和江川晴美三个人，肩并肩地走在人行道上。

“江川晴美小姐，请你扮成出门的农村姑娘行吗？”

熊井青年提出一个令人意想不到的建议。

“那有什么不行的！可是，那能起什么作用？”

“这完全是一个巧合。事情是这样的，有人委托我母亲代她找农村姑娘做保姆，可我母亲到现在还没有找到合适人选。不过，工作性质与现在不同。”

“你的意思是让我去那家里帮忙？”

“没错，这可是一个好办法呀！也是完全出乎人形豹恩田意料的妙计。扮作农村姑娘，去毫无关系的陌生家庭做保姆。

怎么样？喂，神谷君。”

神谷芳雄听后，也觉得熊井这招不错。江川晴美如果这样做，确实能避开人形豹恩田的视线。

“有趣！人形豹恩田绝不会想到江川晴美会去当保姆……可是，保姆这工作被经常吩咐外出，我担心迟早被察觉。”

“是啊，不过，同那家主人商量一下，也许可以减少外出的次数。那幢别墅的防盗措施特别好！住宅周围有很高的水泥围墙，围墙顶端插满了玻璃碎片。据说主人从不外出，喜欢待在家里。每天陪主人说话的，是一个小用人。”

“看来，那主人有点儿怪怪的！年纪一定不小了吧？”

对于熊井的这番介绍，江川晴美感到好奇，忍不住问道。

“不，主人是年轻姑娘，由于脸上受过重伤，一直戴着黑色蒙面套，不愿意让人看到她真正的模样。女主人性格内向，希望有人陪她说说话。家中有年长的管家，因年龄上与她有代沟，总是说不到一块儿。”

“是个有钱人家吧？”

“是的！她父亲高梨先生就她这么一个独生女。可惜她双亲很早就去世了，加上脸上有残疾，至今还是单身贵族。”

“像这样的环境，最适合江川晴美小姐隐蔽了！无论人形豹恩田有多大能耐，也不可能撞破铁门和翻越满是玻璃碎片的围墙。”

熊井不光是柔道高手，办法也不少。

“唉，太可怜了！听你这么一说，我很想与那位姑娘聊天，尽量不让她感到孤独。喂，神谷君，我决心去高梨家帮忙，你看如何？”

江川晴美深表对孤独姑娘的同情，恨不得马上就去她家。

“我也觉得这办法不错，可你一个姑娘家去素不相识的人家帮忙，似乎太胆大了一点儿。但眼下不那样做，也许很难逃出人形豹恩田的视线。在他被警方逮捕之前，你还是去那里躲躲吧！”

神谷芳雄也被熊井说得心动了，最终决定同意江川晴美去高梨家。

接着，熊井又说了一些细节。

“我护送晴美小姐去不是不可以，就是担心被人形豹恩田察觉。神谷君，你也最好别去送她。因为，恩田也认识你。

“你如果还是不放心，那我就写封信交晴美小姐带给主人，就说我妈妈帮她找到了保姆，是乡下一个好朋友的女儿，请她多多关照。

“晴美小姐呢，扮成农村姑娘带着那封信去就行了。对方需要保姆，这消息是绝对不会有错的。”

三个人商定后回到江川晴美的家，请求其母亲同意。一开始，母亲说什么也不同意，可又想不出其他什么好办法，加上神谷芳雄在一旁不断地劝说，最后还是点头同意了。

熊井写了一封信交给江川晴美。在神谷芳雄的陪同下，江川晴美穿着平时的衣服离开家，途中在朋友百货店里化装，装扮成十足的农村姑娘。

“哎哟，太妙了，太妙了，这样的化装肯定不会被别人认出来。没想到你还是化装高手！”

神谷芳雄见化装后的江川晴美判若两人，十分佩服她的化装技术。

“好，我就在这里和你分手，你独自一人从百货店门口出去后，要以农村姑娘的走路姿势走去高梨家。”

“神谷君，我还是有点儿害怕，你说不会出什么事吧？”

“不会的。我一直跟在你身后，直到你进入高梨家后我再回去。以后如果有什么事别忘了打电话，我会立即去你那里的。”

片刻，江川晴美走出百货店大门，一副可爱的农村姑娘装扮，朝着冷清的代代木住宅街上的高梨别墅走去。

面　试

爬完漫长的上坡道，沿着竖有邮筒的街角转弯，果然有熊井说的那幢城堡般戒备森严的别墅。大门两侧竖有高大的花岗岩门柱，中间是刻有图案的大铁门。铁门紧闭。

该从哪里进去呢？江川晴美环视一眼周围，见大门旁边有小门。寻找了好一会儿才找到门铃，按响门铃后，从院子里传来由远渐近的脚步声。

原以为门可以开了，可等了好一阵子就是不见门有动静，只察觉门上直径十厘米左右的窥视孔盖开了。从窥视孔里，出现了一双上下打量江川晴美的眼睛。

“喂，我叫吉崎，熊井君让我带这封信上你家。”

江川晴美说话时用的是农村姑娘的语调。于是，站在门内侧的老人伸出手接过信，看了以后和蔼可亲地说：

“我知道了！你是新来的保姆吉崎姑娘吧！好，好，请从这里进屋。”

边门嘎吱一声开了，银须老人脸上笑嘻嘻的。这老人大概就是高梨家的老管家吧？昨天，熊井提起过他。

江川晴美跟在老人身后进门后，沿着碎石铺设的院内小路朝玄关走去。接着，又沿着光线昏暗的走廊转了好几道弯，来到最里面的欧式客厅。宽敞的住宅里静悄悄的，让人觉得只有老人一个人居住在这里。

“我一看就知道这信是熊井君写的。姑娘，听说你被坏人盯上了。不过，请你放宽心，住在这样的别墅里，无论什么样的坏人也休想进来。

“这家主人的情况，熊井君一定向你介绍过了吧？是很年轻的小姐，也是很难交往的病人。我马上带你去见她，只要她点头同意，你就可以住在这里了。”

老管家沿着长走廊边走边对江川晴美说。

“到了，就这里。小姐在床上躺着呢！另外，你千万别注意她的脸！她是戴面套的，即便想看也看不清楚，但最好别正面看她。”

老人说完注意事项，轻轻推开房门。

“小姐，您托熊井君母亲找的农村姑娘来了，请问可以让她进来吗？”

老人彬彬有礼地问道，房间里传出笛子般的回答声。

“进来吧！”

于是，江川晴美跟在老管家身后走进房间。

“我躺在床上接待太失礼了，请原谅！老管家，请她坐在椅子上。”

笛子般的尖细声音，是从蚊帐里的床上传出的。

“老管家，你把情况详细对她说一下。”

老管家装模作样地说道：

“吉崎姑娘你听好了！如果在这里当保姆，必须承诺一步不准离开这幢住宅。怎么样，有这耐心吗？”

“有！”

“其次，不准你对小姐无礼，所有一切都必须按小姐的吩咐做。”

“行！”江川晴美不停地点头。

“我很任性，你肯定受不了的，别一口应允。”躺在床上的小姐，隔着蚊帐嘲笑般地补充了一句。

“放心吧！不管什么吩咐我都照办。”江川晴美恭恭敬敬地答道。

“那好，就收下你吧！你很乖顺，还长着可爱的脸蛋。”

从小姐说话的口气分析，似乎已经喜欢上江川晴美了。

“那，可以决定了……”

“嗯，行，就这样决定吧！多给一点儿工钱！”

“吉崎姑娘，你听到了吧？从今天开始，你就在这里干。”

老管家朝着江川晴美说完，又换成彬彬有礼的语气对小姐说：“小姐，我回房间去了，你需要什么就吩咐她吧！她叫吉崎。”

“好，好，我知道了，你回去吧！”

老管家鞠躬行礼后，离开主人房间。

老管家走后，江川晴美忽然感到很不习惯，不知道该做些什么，只是傻乎乎地站着。这时，从透明的蚊帐里映出小姐起床的情景。

咦，好像有什么事情？看着看着，只见小姐撩起蚊帐身着睡衣出来了。

小姐给人的初次感觉是个难以言喻的怪人，身上的睡衣图案十分艳丽，色彩也很刺眼，可袖子不知为什么很长。黑绸面套，从脑袋顶上一直戴到脖子。

小姐个头很高，悄悄地走到江川晴美跟前。

“你刚从乡下来？”

小姐上下打量江川晴美，像笛声那样尖着嗓子问道。

“是的。”

“你撒谎吧？大都剧场的音乐会上出现过你，难道不是吗？”

江川晴美听小姐这么一说，犹如晴天霹雳，顿时蒙了。原以为小姐闭门不出，外面的情况什么也不知道，看来她有一定的眼力。瞧，她一眼就识破了我。

“江川晴美，听见我说话了吗？你的情况我一清二楚！”

不可思议的是，小姐的声调变得跟刚才完全不一样了，高八度的尖嗓音瞬间变得又粗又哑。

“对不起，我撒谎了。可这是有原因的，我被坏人盯上了。”

“如果说坏人，不就是人形豹恩田吗？”

过度的吃惊，使得江川晴美连话也不会说了。

“哈哈哈……晴美小姐，你吃惊了？确实值得同情，瞧，脸色都变白了，不是么？其实，你根本不必感到奇怪！我对你的情况非常了解。”

这确实是男子的说话声音。

小姐竟然使用男子的声调说话?

江川晴美屏住呼吸，整个身体陡然间变得像石雕那样僵硬。

我是不是做梦？我是不是神情恍惚？也许……

江川晴美好像意识到了什么，哭丧着脸大声嚷道:

“你是谁？你是谁？”

“我就是你害怕见到的坏人。”

蒙面人呼啦一声扯下蒙面套，将他的真实面目暴露出来。发黑的脸色，尖尖的下巴，蓝光闪烁的眼睛，殷红的嘴唇，獠牙般的牙齿。

是他！是人形豹恩田。

江川晴美一见那模样，立即歇斯底里地尖叫着朝房门那里跑去。

“哈哈哈……江川晴美小姐，别浪费力气，别浪费力气，门已经锁上了！瞧，钥匙还在我手上呢！要钥匙吗？如果想要，也不是不可以给你。”

露出真相的人形豹恩田，用舌尖来回舔着红红的嘴唇，愉快地放声大笑。

“哇，救命！”

江川晴美大声呼叫。

“哈哈哈……你再怎么叫也是瞎子点灯白费蜡！这里不会有人听见，也不会有人来救你。放老实点儿，别再叫了！”

人形豹恩田的尖爪猛地伸向江川晴美，像杀害卖花姑娘洋子那样对第二个猎物伸出了毒手……

委　　托

这幢别墅外面，神谷芳雄正绕着顶端插满玻璃碎片的水泥围墙踱着方步，　直看到江川晴美进去，但心里还是觉得不踏实，又待了大约半小时。

这时，他时不时地转到别墅背后，欲寻找有什么缝隙。转来转去，结果什么也没找到，于是断念了，喊停了正要经过的出租车。

神谷芳雄要上车的时候，正值别墅里那出悲剧开始。但悲剧上演的地方仅仅是宽大别墅里的其中一个房间，无论江川晴美怎么叫喊，声音不可能飞出围墙传到街上。

也许第六感觉的缘故，尽管出租车已经驶离别墅，可神谷芳雄的心像七上八下的吊桶，怎么也平静不了。因为，人形豹恩田是无恶不作无孔不入的魔鬼。

再说，神谷芳雄不曾打听过这幢别墅的情况。要使江川晴美小姐早日恢复正常人的生活，比起东躲西藏，还是尽快抓住人形豹恩田才是上策。

抓住人形豹恩田，还必须把他扔进死牢，否则，不仅江川晴美，恐怕整个社会都难以安宁。这一想法，神谷芳雄数日前就有过。他觉得，实现这一想法除求助警方外，还需借助私人侦探的力量。

说到私人侦探，第一个浮现在他脑海里的便是明智小五郎，他也最希望明智小五郎出马。据说，凡是警察解决不了的案件，一到他手上要不了多长时间就能侦破。面对人形豹恩田这样的恶魔，假若不请出像明智小五郎这样富有经验的大侦探，将很难将他绳之以法。

“哦，是不是请你改变一下方向，把车开往麻布的龙土町！我想去一下明智小五郎的事务所。”

“是，是私家侦探吧？”司机脱口问道。

“啊，你也知道他。”

“嗯，当然知道，他是大名鼎鼎的人物。”

“唉，我要是早请他出来就好了，恐怕已经等不及了！”

“你请他去哪里呀？”

“这事你大概知道吧？就是制造那起大都剧场事件的恶魔！可恶的人形豹恩田死死盯住江川晴美不放，真伤脑筋。”

“如果明智小五郎出马，就能降服他。”

连出租车司机也说，只要明智小五郎出马就能擒获恩田恶魔。可我为什么不早些上门委托大侦探呢？神谷芳雄感到后悔，觉得现在请大侦探出山已经晚了。

明智小五郎家住麻布龙土町，妻子文代年轻貌美，是明智小五郎的侦探助手。他俩不仅家庭生活美满幸福，喜欢侦探和冒险的兴趣也相同。于是，侦探事务所既是工作场所又是二人的住宅。

不高的花岗岩门柱上，挂有不大的“明智侦探事务所”黄铜招牌。进门后，是一条两边种有茶树的青石板路。沿这条路笔直走转过弯后，便是小巧玲珑的白色住宅。

按响玄关门铃后，门立刻开了，探出一个长着苹果般脸蛋的青年人的脸来。他叫小林芳雄，经历过许多案件，侦查经验和智慧胜过许多成年侦探，是闻名全国的明智侦探的助手。

凑巧明智小五郎没有出门，神谷芳雄被热情地请到会客室里，他长这么大还是第一次与大侦探明智小五郎面对面地交谈呢。

这时，明智侦探事务所门前停着一辆轿车，坐在车里的银须老人，目光炯炯，精神矍铄，正是高梨家的老管家。

神谷芳雄丝毫没察觉有尾巴。他在明智侦探事务所门前稍稍犹豫的模样，也没逃过老管家的眼睛。就连神谷芳雄受到明智侦探事务所小林芳雄热情接待的情景，也被他看得一清二楚。

老管家从口袋里取出笔记本，撕下一张纸用铅笔写了几行字，把便条交给司机吩咐道：“你把这张便条从玄关门缝里扔进去，不要弄出响声，不要让别人看见。”

住宅内的客厅里，靠在安乐椅上的明智小五郎，正聚精会神地听神谷芳雄的叙述。神谷芳雄从第一次碰上人形豹恩田，一直说到现在的情况。明智小五郎一边听，一边用右手手指像梳子那样，一遍又一遍地梳理着蓬乱的长发。

"人形豹恩田凶狠残暴，神出鬼没，江川晴美可不能有半点儿闪失啊。我登门拜访是想委托先生出马，请先生了解恩田的贼窝与高梨家有没有什么关系。"

神谷芳雄说完，明智小五郎的脸上出现担忧的表情。

"叫熊井的青年，就是那个出主意让江川晴美去高梨家的人吧？你知道他住在哪里吗？"明智小五郎提出奇怪的问题。

"知道，他住在浅草的千束町。"

"你知道他家的电话号码吗？"

"是传呼电话，问一下大都剧场事务所就可以知道。先生，你找熊井有事吗？"

"嗯，详细情况等一下告诉你。对不起，请你用电话问一下大都剧场！"

明智小五郎指着桌上的电话机，催促神谷芳雄。按明智小五郎的吩咐，神谷芳雄从大都剧场事务所打听到了熊井的电话号码。

"电话号码弄清楚了吗？那好，给那里挂电话，让传呼电话服务员通知熊井听电话！不过，我总觉得他已经把家搬到别处去了。"

大侦探到底在思考什么？自己跟熊井分手，是接近中午的时候，当时，他根本没提起过搬家的事情。

神谷芳雄像喝了迷魂汤那样感到眼前恍惚起来，立刻拨通传呼电话通知传呼熊井。

只听传呼电话服务员答道："是找熊井君吗？对不起，他今天中午刚过就搬家走了。"

"什么？是真的吗？那，他搬到哪里去了？能告诉我他的新住址吗？"

"新住址的情况我们不清楚。"

神谷芳雄大吃一惊。他早就听说明智小五郎非同一般，可侦探怎么瞬间成了算命先生，对素不相识的熊井已经搬家的情况也能预测得如此之准。究竟是……奇怪！他为什么能料事如神呢？

"真不可思议！先生，你怎么知道的？"

"详细情况以后再谈。我听完你叙述的情况，便觉得熊井的举止可疑。现在，我们只有先查看现场了。怎么样，一起去好吗？"

明智小五郎心急如焚，命令助手小林芳雄立刻喊出租车。

"哎，你刚才介绍情况的时候，我中途去了一下厕所。当时，我发现一辆出租车停在门前。不用说，这便条是有人在你进屋以后扔入玄关的。"

明智小五郎说完，拿出一张从笔记本上撕下的纸条给神谷芳雄看。那上面的字迹很潦草，是恐吓明智小五郎的内容：

明智君：

神谷芳雄委托的案件，你最好别插手！现在，你和美丽的妻子生活得非常美满幸福，因此我劝你别冒险。如果你把我的话当耳边风，危险和不幸将缠住你。届时，你就是后悔也来不及。

“这大概是人形豹恩田惯用的手段吧？”神谷芳雄吃惊地看着明智小五郎。

“看来神谷君已经被人形豹恩田的手下盯上了。”

“哦，这上面说的危险和不幸，可能是意味着什么灾难吧？”

“哈哈哈……这你就不必担心了！我大致清楚是怎么回事。如果把歹徒的威胁放在心上，我们侦探工作就无法进行啦。像这样的恫吓信我早已习惯，跟耳边风差不多，什么感觉也没有。”明智小五郎满不在乎地说。

这时，出租车到了。于是，他俩急匆匆地离开房间。

“小林君，你也一起去！这一回打交道的，可能是比较棘手的对手。”

“好，我去。”小林芳雄爽快地答道，迅速跑到出租车跟前打开车门。

分 析

“去代代木！”

三个人一起坐在后排座位上，明智小五郎对司机说了目的地。

“如果是去代代木……”

神谷芳雄只是一个劲儿地着急，连首先应该去哪里也忘了。

“当然去高梨家啰！你是从哪里上我家的？是从代代木高梨家直接来我家的吧？刚才不是有人跟踪你到这里的嘛，那家伙肯定来自高梨家。”

“高梨家的人跟踪我？”

“是的。你对熊井深信不疑，这不能责怪你。因为，他是江川晴美的保镖。可你别忘了！对手是无孔不入的恶魔，其魔爪可以伸到任何意想不到的地方。

“大都剧场的电工，不就是人形豹恩田的帮凶吗！至于熊井君是什么时候成为帮凶的，现在还不能断定。假如他不是帮凶，为什么要突然搬家呢？”

听到这里，神谷芳雄这才明白明智小五郎在担心什么。

“照这么说，人形豹恩田的魔爪已经伸到高梨家……”

“是的，不去实地查看是难以清楚的。可第六感已经告诉我，那住宅可疑。你刚才说，高梨家主人是小姐，脸上有伤，戴着蒙面套。”

“什么？这么说，那小姐……”

“是的，但愿那小姐不是人形豹恩田化装的。”

“哦，原来是这么回事。我简直糊涂到了极点，竟拱手把好端端的江川晴美送入恶魔设下的圈套。”

神谷芳雄气得脸色铁青，直跺双脚。

不一会儿，出租车在代代木高梨家附近停下。三个人赶紧下车，明智小五郎对小林芳雄说：“你埋伏在大门附近，等我们十分钟。我们进去后，如果十分钟后没有出来，你就跑步去附近派出所报警，请他们给警视厅挂电话，要求立即派人包围救我们出来。记住了吗？”

“是！记住了！”

“这情况一般不可能发生，只是以防万一。”

明智小五郎和神谷芳雄靠近高梨家大门前面，见边门呈半开状态，便大胆穿过边门，按响玄关门铃。

可不管怎么按铃就是没有回应，于是用手推了一下，门开了。

“对不起，屋里有人吗？”

不管怎么叫喊，就是不见有人出来迎接。

“神谷君，我们也许晚了一步。”

明智小五郎转过脸看了一眼神谷芳雄，表情严肃。

“那，江川晴美呢？”

“嗯，我们先进屋再说吧！”

明智小五郎从口袋里掏出微型手枪。

光线暗淡的住宅已经人去楼空。

“果然不出我所料！是的，这幢别墅从一开始就是空置的住宅。人形豹恩田租借了这幢空别墅后，只是在需要使用的房间里摆放了家具。”

明智小五郎和神谷芳雄走进长廊最里面的那个房间。

“啊！”

他俩走到门口时猛地傻眼了，呆若木鸡地愣在那里。

地上躺着一具尸体。经过辨认，正是歌手江川晴美。

桌上有一张纸条，上面写有几行铅笔字，字迹潦草，内容如下：

神谷君：

你太轻率！倘若你不委托明智小五郎，也许不会发生眼前的惨景。再者，明智小五郎如果注意到插手带来的后果，江川晴美也不至于变成这般模样。

明智小五郎既然决定跟我对着干，那就请他等着我给他准备的高级礼物吧。

恩田

木 箱

那天晚报的头版头条上，刊登了这起凶杀案的报道，使整个日本列岛为之震惊，人们惶惶不可终日。被杀害的，是当今正走红的年轻歌手江川晴美；制造这起凶杀案的，是人形豹恩田。

关于明智小五郎已经接受这起凶杀案件的侦查委托的报道，人们给予很高的评价。打那以后，无论在街头还是在家里，或是在工作场所里，只要有两三个人聚在一起，必然议论这起案件。

数天后，媒体炒作渐渐平静下来。对于人形豹恩田草菅人命的恶行，神谷芳雄气得咬牙切齿，对人形豹恨之入骨。洋子和江川晴美都是自己的好朋友，却相继惨死在恶魔恩田的手里。

眼下只有主动出击，早日抓获恶魔，才能替她俩报仇雪恨。想到这里，他再也忍耐不住了，决定立刻去明智侦探事务所找明智小五郎商量下一步行动计划。

神谷芳雄匆匆赶到明智侦探事务所，明智小五郎高兴地在客厅接待了他。

“先生，我希望你尽快找到恶魔的贼窝，擒获人形豹恩田。”

“嗯，不用说，我也是那样想的。自打那天查看现场后，我进行了各种形式的排查。你知道吗，凶手主动找我挑战来了！我也已经忍耐不住了。”

“这么说，那家伙给先生送挑战书来啦？”

“是的，你瞧这个。”

明智小五郎从口袋里取出一张纸条。

明智君：

我许诺过要给你一份高级礼物，请记住，我一定会尽快兑现诺言。从现在起，我提醒你别粗心大意！你大概还不清楚我究竟给你准备了什么高级礼物吧？那好，我稍稍给你漏一点儿风吧！那将是一份永远让你伤心掉泪的礼物。

恩田

“这张纸条是中午时分扔进玄关的。那家伙已经在我住宅周围布下了监视和窃听网络。我俩现在说话的时候，他的爪牙也许正躲在某个角落偷听呢？哈哈哈……”

明智小五郎笑着说，不屑一顾。

“可是，这上面说的礼物会是什么呢？”

“这，我大致已经明白。你不用担心！我已经做好了充分准备。”

凑巧，夫人文代端茶进来。明智小五郎与夫人文代相互交换了一下眼神，脸上浮现出意味深长的笑容。

刹那间，神谷芳雄好像明白了一切，一定是这么回事！人形豹恩田的第三个猎物，肯定是明智小五郎先生的美丽夫人文代女士。

“那，那家伙……”神谷芳雄刚想说，但又害怕说出口而紧紧闭上了嘴巴。

“是的！明白了吧！挑战信的内容就是这个。”

“啊，如果真是那样……不会出事的！我清楚那家伙使用的具体手段。”

说到这里，文代夫人扑哧笑了：“如果是这样的对手，那太有趣了。我家先生说，他最近好长一段时间没遇上气焰嚣张手段残忍的对手了。”

神谷芳雄被文代夫人这番话惊愕得目瞪口呆，心想明智夫人也太轻敌了。其实，文代夫人曾经作为明智小五郎的助手，在许多案件里立了大功。这一情况，神谷芳雄是一点儿也不清楚的。

“那家伙还会主动上我家挑战的。再说我目前还没弄清他的贼窝，只能在家等候。”明智小五郎十分镇定。

“大概是什么时候？”

“可能是今天晚上……也有可能他已经开始活动了？听，我家的看门犬好像在不停地吼叫。”

不知不觉的，太阳已经西斜，窗外暗淡下来。这一带是住宅街，显得比较寂静和冷清。也不知哪幢住宅，正传出优雅的钢琴声。

这时，健壮的看家犬在大声吼叫。原以为人形豹恩田在大门附近，没想到看门犬突然像飞出枪膛的子弹那样闯入客厅。

“喂，艾丝，你怎么啦？”

文代夫人抱起看家犬，可自己的两只手上沾满了黏糊糊的鲜血。

看家犬艾丝躺在文代夫人的怀里，呜呜呜地叫了几声后耷拉下脑袋。

“怎么啦？瞧这伤势！”文代夫人脸色苍白，眼睛望着明智小五郎的脸。

艾丝身上不可思议的伤痕，不像是被野兽獠牙咬的，而像是被锋利的脚爪抓的。可以肯定那不是人所为，因为人的手不可能剜得如此之深。

“是那家伙！艾丝是被人形豹恩田的利爪杀害的。文代，要小心！”

明智小五郎说完猛地站起身，敏捷地掏出手枪握在手上。外表看上去柔弱的文代夫人，也心领神会地拿起一支手枪。这支枪，不知她刚才藏在什么地方。

“你隐蔽在内客厅里把门锁上，无论如何不要开门！”

明智小五郎说完一个箭步蹿向门外，小林芳雄像松鼠那样紧随其后。

神谷芳雄不可能一直待着不动，来到玄关外面，察觉明智小五郎和小林芳雄去了后院，自己便朝大门走去。

他沿着石板路走了五六步后，紧张得再也不敢朝前走了。路两侧的茶树丛里，好像埋伏着可怕的庞然大物。他屏住呼吸朝那里望去，啊，糟啦，两道闪烁的蓝光正笔直地射向他。这是难以从记忆中消失的罪恶之光！

眼睛一触及那两道蓝光，神谷芳雄的喉咙里猛地发出难以形容的叫嚷声，转过身朝玄关方向狂奔，一边跑，一边不时地回头张望。那家伙好像也慌了神，在茶树丛里跳跃着奔跑，一阵风似的朝大门方向跑去。

“神谷君，怎么啦？”

听到叫喊声，明智小五郎与小林芳雄返回玄关。

神谷芳雄指着门外，用嘶哑的嗓音嚷道：

“在那里，在那里。”

他俩箭一般地朝大门外跑去，可一会儿又回来了。

“不是什么也没有吗？一定是你弄错了。”

“没有，我亲眼看到那家伙的，也许还埋伏在那里？马上给警方挂电话好吗？”

“不，警察来到这里相反会打乱我的计划。好了，看情况再说，我要思考一下。”

明智小五郎不紧不慢地说完，迅速朝住宅走去。

就在他刚要跨上玄关门口的台阶时，传来有人进入大门的脚步声。只见两名男子抬着一口两米长的狭长箱子，动作相当敏捷地走进玄关。

“明智先生是住在这里的吧？请签名盖印！”卡车司机打扮的男子粗声粗气地说道。

神谷芳雄见状猛地愣住了。

“咦，这不是棺材吗？”

被抬进来的，是令人讨厌的棺材。可明智小五郎的脸上显得很平静，在司机递来的送货单上盖印后，让他们把讨厌的棺材抬进客厅。

等到司机和搬运工走后，明智小五郎将客厅所有百叶窗全部关闭，还拉上窗帘，使外面看不到里面一丝情况，接着用羊角榔头开启箱盖。

咕，咕，咕……铁钉被先后卸下。随着拔钉的讨厌声响，箱盖与箱体之间出现了空隙。从渐渐扩大的空隙，可以一点点看清楚箱子里的情况。

棺材里到底装什么了？

棺　材

那以后过去一个小时左右，明智侦探事务所门前停下一辆轿车，有人从漆黑大门里急匆匆地走出去，在打开车门等待的司机帮助下乘上了车。

司机大步返回驾驶室，“啪”地扭亮车内的灯。被灯光照得朦朦胧胧的，是明智小五郎的夫人文代。她把身体隐蔽在坐椅靠背后面，不知为什么看上去精神十分疲惫。

不管女侦探多么要强，但外出似乎太冒险了。此刻，人形豹恩田也许正隐蔽在附近的黑暗里，如果她遭到绑架，那……

事实上，人形豹恩田一直埋伏在附近。

片刻，车启动了。就在这当口，只见一个黑影像旋风那样扑上轿车。黑影好像早就在等待这一时机，眼下正趴在后车厢盖上。无疑，黑影是人形豹恩田。

但他不可能一直趴在后车厢盖上，片刻后车肯定要驶入繁华的大街，还会从派出所门前经过。如果这样行驶，文代夫人就能得救。

可不知为什么，轿车似乎故意选择冷清的路，朝着远离城市的方向疾驰。又过了一会儿，车笔直朝着大片树林方向行驶。

须臾，车停在神社前面的广场上，周围是密密麻麻的大树。只露出巴掌大的黑色夜空，黑得像乌鸦身上的颜色。

车停在这里，岂不是让人形豹恩田有机可乘吗?

只见人形豹恩田像灵活的猴子跳到地上，冷不防打开后车门，吼叫着窜入车里。

前排座椅背后的角落里，美丽的文代夫人正神情沮丧地坐着。此时此刻，她一定会哑然失色大喊大叫！人形豹恩田这样想着，张开大嘴朝文代夫人身上咬去。

可奇怪的是，文代夫人不但没有大声叫喊，就连身体也丝毫没有动弹。咦，她也许受到惊吓而气绝身亡了？

人形豹恩田伸出双手，用利爪搭在文代夫人的喉咙部位。这时，他也许被什么东西给吓了一跳，“啊！”地怒吼一声，一把抓起文代夫人的身体拽到车外，怒气冲冲地朝着地面摔打。

“畜生！畜生！明智小五郎居然骗到我的头上！”人形豹恩田后悔莫及也不无道理，因为，他朝着地面摔打的是文代夫人的蜡像替身。

啊，刚才被司机和搬运工搬入明智侦探事务所的那只棺材里，放的居然是文代夫人的蜡像替身。大侦探明智小五郎估计

到人形豹恩田会来偷袭，绑架文代，于是在中午时分预订了这具蜡像。他的调包锦囊妙计，获得了圆满成功。

让文代蜡像坐出租车外出，也是出乎人形豹恩田意料的绝招。

“嘿嘿嘿……你辛苦了！”从人形豹恩田的背后，冷不防蹿出个黑影，主动朝他搭讪。人形豹恩田惊愕地转过脸去。

“哦，你是司机吧？”

“是的，就是驾驶这辆车的司机！”黑影挽起双手镇定自若地答道。

“你不怕我吗？”人形豹恩田压低嗓门欲吓唬对方。

“嘿嘿……怕的应该是你吧？喂，仔细看我这张脸！你以为我是谁？”

司机摘下压在眉梢的鸭舌帽，猛地把面孔露出来让人形豹恩田看。

人形豹恩田忽地颤抖了一下身体。

身后，站着一个与自己模样十分相似的人形豹。肤色发黑，脸颊消瘦，头发蓬乱，嘴唇鲜红，野兽般的白色獠牙裸露在嘴唇之间，身上的黑色西装布满褶皱。粗看，对面的人从头到脚跟人形豹恩田完全一样。两张一模一样的脸面面相觑，露出獠牙相互怒视。

渐渐地，人形豹恩田的脸上浮现出恐怖的神色。

“你到底是谁？”他用颤抖的声音问道。

“我是你的孪生兄弟。”

“别胡说！你究竟是谁？”

人形豹恩田为镇定自己的紧张情绪，半晌没有说话。突然，他吹胡子瞪眼地吼道："哼！我明白了，我明白了，你是明智小五郎吧？"

"哈哈哈……你总算说对了！完全正确！这世上能跟你作对的，除了我没第二个人！哎，我想问你，我的化装术怎样啊？不管谁看了我的脸和外表，都会把我说成人形豹恩田的吧？我这样的化装，或许还能蒙骗你的父亲吧？"

"什么，你说我父亲？"

"是的，就是你的父亲！光抓你不够，一定要把你们父子俩捆在一起送到警视厅。"

"就你一个人抓我？"

如果比试力量，人形豹恩田拥有十倍于人的力量，明智小五郎绝对不是他的对手。

"什么？我怎么可能是一个人呢？"

"那，这么说……附近还埋伏着你的手下？"

人形豹恩田的脸上露出恶狠狠的表情，猛地张开双臂朝明智小五郎扑去。

"喂，你这样做是自找麻烦，快举起手来！"

明智小五郎眼疾手快，抢先掏出手枪。人形豹恩田见状，只得乖乖举起双手。可他的眼神似乎在说，只要一有机会我还会朝你猛扑的。

"各位，可以出来了，快把这家伙给绑起来戴上手铐！"

随着明智小五郎的呼唤，黑暗的树林里跳出四五名警官。刹那间，人形豹恩田被五花大绑。

“嗯，这家伙就交给你们警方了，我还得继续去找另一个恩田。”明智小五郎把枪放回口袋，平静地说。

警官们把人形豹恩田推上车，其中一名警官跳上驾驶席打开引擎，沿着来时的路朝警视厅奔驰。

化 装

一个小时过后，明智侦探事务所门前的昏暗道路上，有一个影子般的男子在徘徊。

男子瘦高个，身着黑西服。仔细打量他那张时而抬起的脸，与可恶的人形豹恩田相似。不用说，他是明智小五郎化装的。可是，他为什么要化装成这模样在自家门口徘徊呢？

啊，我的估计不会错吧？应该是来的时候了！浑蛋儿子不回家，老头肯定睡不着觉，一定会来这里寻找。

明智小五郎一边这么思考，一边在黑暗里朝四处张望。

化装成人形豹恩田，其目的是引诱老年恩田来这里寻找。借助夜色的迷惑，老年恩田不太可能察觉明智小五郎是假的青年恩田。

对于自己的化装术，明智小五郎非常自信。正在这时，他隐隐约约听到房间里有电话铃声。

“咦，好像谁打电话来了？现在这时候会有谁打电话呢？”

他赶紧侧耳辨听，确实是家里的电话铃声在响。

“文代应该在二楼内客厅里，门是锁的。按理说，小林君应该接电话。他俩都不接电话，大概有什么急事吧？”

他琢磨了一下，觉得不能回家接听电话，万一老年恩田出现可就麻烦了。

明智小五郎紧锁眉头。也许第六感告诉他不听电话是对的。

凑巧这时候，一个身着破衣烂衫光着脚丫的乞丐男子，从黑暗里径直走到明智小五郎跟前，递给他一张纸条。

纸条上写道：

跟送信人一起回家，有急事商量。

明智小五郎看了纸条后心里立刻明白了。啊，这老家伙终于上钩了。

“我没弄错，你叫恩田吧？”

乞丐男子很慎重地问道。

“嗯，这还有错！喂，我父亲现在在哪里？”

“在芝浦！”

嗯，看来老家伙的老巢在芝浦一带。

“好远啊！你是从那里步行来的吗？”

“是的，比起坐车还是走快。好了，我们出发吧！”

“我不喜欢走路。怎么样，还是叫辆出租车去吧！”

扮成青年恩田的明智小五郎走到路边叫停一辆出租车，和乞丐男子上车朝芝浦方向出发。

“哎，托你送信的人是我父亲吧？说说他的模样？”

“嗯，他是个和蔼的老头，给了我许多小费！长得满脸银须，虽说脸庞消瘦但目光锐利，他说在铁管大杂院那里等你。”

“铁管大杂院？”

“是的呀，你不知道么？银须老头经常去铁管大杂院。就是乞丐们一起栖身的大铁管里。”

这么说，恩田父子把那大铁管当作临时贼窝了？明智小五郎心里在想。

突然，出租车停了。

“你们去哪里呀？这前面没有路了。”

司机气急败坏地吼道。

“就这里，到这里就行了。”

明智小五郎从口袋里掏出一张一千日元的纸币，按照计价表上显示的金额支付后，像遮着脸那样先下了车。

“好了，前边带路！”

天空星星闪烁，周围是一望无际的黑暗，领路的男子不愧是乞丐，习惯黑夜行走，在漆黑的道路上走得很快。随着视线逐渐适应黑夜，周围的情景慢慢清晰起来。

“就在这里！我现在就去找你的父亲。”

果然，这一带排列着许多大铁管，黑压压的，一眼望不到边。

“喂，大叔！我回来了！”

乞丐男子大声嚷嚷，刹那间周围也响起了叫喊声。

“讨厌！”

“小声点儿！”

大铁管里竟然躺着许多人。

可带路的乞丐男子并不在意，又大声喊道：“喂，大叔，你在哪里呀？”

这时，不知从哪个大铁管里传出轻轻的回答声：“哎——”

“好像是在大铁管深处。”

乞丐男子说完，一猫腰钻入旁边的一根大铁管里。

明智小五郎无可奈何地弯着腰，跟在乞丐身后朝里爬去。霎时，难闻的铁味扑鼻而来。

穿过一根大铁管，眼前出现了另一根铁管的管口……就这样，一连钻了好几根大铁管。可中途发生了意想不到的事情，那个带路的乞丐男子不知什么时候从明智小五郎的视线里消失了。

“喂，你在哪里？”

他大声呼喊。可声音只在自己所在的铁管里回荡，没有乞丐男子的回音。

糟糕，糟糕！早知道这样，应该问一下他的姓名就好了。只是“喂，喂”地叫喊，那家伙可能不知道是叫他。

大侦探明智小五郎万万没想到，铁管大杂院居然是这么回事。钻入黑暗铁管里的他，一时六神无主了。

无奈之下，他只得仔细侧耳辨别，不知从哪里传来呼噜声，看来铁管里不是没有人，而是无法辨别方向。大铁管，是横一根竖一根地相互连在一起。

继续在这样的铁管里爬行，要不了多久就会迷失方向，而且一时三刻是出不去的。于是，他试着伸出脑袋打量周围。让他吃惊的是，四面八方全是大铁管，犹如铁管大海。

看来，还是盯着一个方向朝前爬吧！他做出这样的决定后，又爬了好一会儿，猛然间觉得周围有嘈杂声，还有交头接耳的说话声。嗯，可能有情况。赶紧屏住呼吸。于是，听到了清楚的说话声。

“喂，人形豹恩田就在这根铁管里！”

“什么？人形豹恩田？”

“你不知道？就是最近传得沸沸扬扬、闹得人心惶惶的人形豹恩田呀！说他是人吧，身材像人；说他是野兽吧，动作像野兽。反正，不清楚他究竟是怎么回事。哎，你忘了，就是杀害歌星江川晴美的凶手！”

议论声不停地传到明智小五郎的耳朵里。

咦，奇怪！如果是杀害江川晴美的人形豹恩田，不是已经被我抓住交给警方了吗？这时候，又是这地方，怎么会出现人形豹呢？

由于迷路而晕头转向的明智小五郎，一时无法理解这些议论的真正含义。

这时，住在铁管里人们的嘈杂声越来越响，这里，那里，叫声一片。

“喂，大家都快起来！人形豹逃到我们铁管大杂院里来啦！”

“他是杀人犯！”

这样的吼叫声，在铁管里不停地发出剧烈的回声。

明智小五郎终于明白了自己的可怕处境。

“糟糕！人形豹恩田没有第二个，可自己这身打扮被当作人形豹恩田了。如果有人记得人形豹恩田的脸，自己无疑会被对号入座视作人形豹恩田。这下可好，弄巧成拙，竟然发生了天大的误会。”

突　围

明智小五郎慌张起来，打算弄掉脸上用于化装的油性颜料。可铁管里没有水，是无论如何清除不掉化装颜料的。眼下只有放弃捕捉老年恩田的念头，三十六计走为上策。

为远远避开议论声，他拼命地朝前爬，穿过一根又一根大铁管。猛然间，在铁管里与对面过来的人撞上了。

“哎哟，好疼，是谁，是谁？”

与明智小五郎撞在一起的男子，大声呻吟。

“喂，大家快来呀！他在这里！人形豹恩田这浑蛋在这里！”

一听这叫声，明智小五郎不由分说，立刻朝相反方向爬了起来。

“逃走了，逃走了，三郎，人形豹恩田朝你那儿逃走了，快抓住他！”

就这样，明智小五郎漫无目标地在大铁管里被追得爬来爬去，从这一根爬到那一根，像玩捉迷藏游戏那样不顾一切地逃跑。

快逃！快逃！身上已经大汗淋漓，可仍然马不停蹄地继续逃跑。

明智小五郎像这样狼狈地逃跑，自打娘胎里出来还是头一回。

快逃！快逃！不停地往前爬！突然，他好像察觉到了什么。啊！我得救了！眼前什么障碍物也没有，是一片空地。

他松了一口气慢慢地爬出大铁管，可就在这时耳边传来呐喊声。

“哇！”

他立即抬起头来环视四周，原以为得救的想法是大错特错了。乞丐们抢先赶到明智小五郎前面，正手持棍棒等他出现。

糟了！怎么办？乞丐们的这种举动不像是一时兴起，好像有人在背后操纵。啊，也许……

明智小五郎重新潜回昏暗的大铁管里，突然想起什么来。看来，老年恩田多半察觉出自己不是真儿子，便蒙骗不明真相的乞丐们追赶自己。

啊，太有趣了！如果真是这样，我完全没必要害怕他们的追赶。

明智小五郎勇气倍增。

他不再逃跑，而是趴在大铁管里，用耳朵辨别从后面传来的脚步声。

来了，来了，传来气喘吁吁的声音，还传来敲打大铁管管壁的声音。根据声音判断，好像有两三个人。

“喂，人形豹恩田确实是朝这里逃跑的。”

“没关系，径直追上去。”

领头的乞丐大步走起来。当走到距离明智小五郎一米左右的地方，察觉到了明智小五郎的黑影。

“谁？谁在那里？”喊话的声音有点儿哆嗦。

明智小五郎没有吱声，右手握紧拳头瞄准对方的胸膛。

“不回答吗？看来，就是你了！喂，快过来！”

黑影像旋风那样猛扑过来。

攥着拳头早已等得不耐烦的明智小五郎，猛地挥向对方的胸脯。咚！挥拳声在黑暗里显得非常清晰。

“喂，人形豹被我抓住了，快过来帮我把他抓起来！”

喊叫的，是明智小五郎本人。

“好，这里由我把守，你快去把大家喊来。”

明智小五郎听这么一说，灵机一动，赶紧将倒在地上早已头昏目眩的乞丐交给后面跑来的乞丐，自己逃到大铁管外边。

“喂，抓住了哟！抓住人形豹了哟！”

明智小五郎这么一叫喊，聚集在空地上的乞丐们一齐喊：“冲啊！”几个人叫嚷着拥入铁管。

成功了！快跑！

明智小五郎暗自想着，横着穿过空地，朝着亮着灯光的街道方向跑去。

在乞丐中间，即便有人记得人形豹恩田的模样，但在黑灯瞎火的夜晚不可能辨别清楚。

真正知道人形豹明智小五郎在大铁管里的，理应是那个受老年恩田委托给明智小五郎当向导的乞丐。

但是，老年恩田也好，向导乞丐也好，不可能指使乞丐们抓青年恩田。还有一点儿可疑的是，老年恩田让乞丐通知儿子来这里会合，而自己则不露面。并且，明明知道儿子被前堵后追，居然却不前来救助。

不过，既然老年恩田知道明智小五郎化装成自己的儿子，那……

也许是这么回事？这么一思索，所有谜则迎刃而解了。老年恩田这一招着实厉害！指使乞丐们追杀扮成人形豹恩田的明智小五郎。

但是，老年恩田未曾跟我打过照面，怎么能一眼识破我的化装呢？

明智小五郎猛地恍然大悟。

“哦，看来……看来，我犯大错了。可要真是那样，还真不能低估老年恩田的智慧！这个恶魔！”

大侦探明智小五郎想到这里，禁不住打了一个寒战。

“也许已经来不及了？不过，就是来不及也要尽快赶回事务所。”

明智小五郎在黑暗里飞也似的奔跑起来。

宽阔的水泥桥那边是住宅街，十字路口的转角上有公共电话亭。明智小五郎跑到门前，一把推开玻璃门抓起电话听筒赶紧拨号。

如　愿

话说明智侦探事务所。就在明智小五郎化装成人形豹恩田，把文代夫人的蜡像替身装上车出发后不久，神谷芳雄回来了。当时，事务所里有文代夫人和小林芳雄以及用人等。

文代夫人回到二楼卧室关上房门，随后在内侧上锁。她这样做是防止万一。

按理说，明智小五郎的大胆诱敌计策应该大功告成。今晚，不光人形豹恩田，就连他父亲老年恩田也应该束手就擒。不过，急于求成的结果往往是失败。文代夫人向来不怀疑丈夫明智小五郎的智慧，但唯独今晚犹如热锅上的蚂蚁焦急不安。

夜里十点左右的时候，电话铃响了。小林芳雄接起电话，电话似乎是从很远的地方打来的，声音轻得根本听不见，但很像明智小五郎的声音。

“人形豹恩田已经抓住了，你们就放心吧！我现在去抓他的父亲老年恩田，也许回家要很晚。”

小林芳雄没有问什么，挂断电话去二楼向文代夫人报告电话内容。

可隔了一会儿，又有电话铃响了。当时，明智小五郎正以人形豹恩田的模样在大门前面徘徊，但他没有进屋接听电话。

接着又过去大约一个小时左右，玄关铃声响了。深夜了，不可能来客人，多半是先生回来了。

于是，小林芳雄朝玄关跑去。

开门前，小林芳雄还小心翼翼地朝着外面问话：

“是哪一位？”

“是我！我是明智小五郎！你是小林君吧？之前是你接的电话吧？”

声音很低，可既然说起了电话情况，肯定是明智先生回来了。于是，小林芳雄把门打开。

“啊！先生！”

小林芳雄不由得吃了一惊。

门外，站着挟持着文代夫人的人形豹恩田。

“怎么啦？小林君，你被我这身化装吓蒙了吧？”

人形豹恩田嘻嘻笑着说。

“哦，原来是先生化了装。那是蜡像吧？”

“是的，把蜡像放回木箱。等一下，我让蜡像商店派人来取。”

明智小五郎把蜡像交给小林芳雄后上楼去了。

棺材模样的木箱就放在走廊上的转角，小林芳雄抱着蜡像朝那里走去。明智小五郎转过身，蹑手蹑脚地朝小林芳雄的背影追去，接着从背后抱住小林芳雄走进边上的用人房间。

明智小五郎为什么要那样做？奇怪！少顷，他又一个人从房间里出来上二楼去了。

“啊呀，太好了，你总算回来了。”

楼梯上，凑巧遇上文代夫人。

明智小五郎“是，是”地答道。

“见到小林君了吗？”

“嗯，我有事吩咐他去做了。行了，你上来吧！”

戴着化装的假牙说话，使明智小五郎说话的声音变得瓮声瓮气的。

“我不喜欢你这副化装模样，快去把脸上的油彩颜料洗干净！”

“现在还不到时候，我有话要对你说。”

文代夫人走进卧室，打算按吸顶灯开关。

“不，别开灯，有台灯亮度就足够了。”

明智小五郎阻止文代夫人开灯，一屁股坐到扶手椅子上。

“你好像累了吧？蜡像替身获得成功了。”

“嗯，我在驾驶席上面对着那家伙亮出这般化装模样时，心情要多痛快就多痛快。两个外表完全相同的人形豹恩田，在黑暗里面面相觑了好一会儿。”

明智小五郎那令人讨厌的豹脸上，嘿嘿笑个不停。

“那家伙是不是大吃一惊？”

“嗯，完全傻了！他一看到我手上的枪，即刻乖顺得手和脚都不敢动了。最后，老老实实地跟着埋伏在那里的警察们去了警视厅。”

“那他现在一定是被关押在警视厅的地下牢房里吧？”

“你是这么想的吗？”明智小五郎说话变得奇怪起来。

“不过，那……”

“啊啊……可情况不是那样。我想对你说的是这情况。其实，人形豹恩田逃走了！”

“什么？”

文代夫人吃惊地盯着明智小五郎脸上的表情。

“人形豹恩田被警官五花大绑后，又被五个警官簇拥着上了警车。途中，那根绑他的绳索对于人形豹来说根本不起作用。他的双臂一使劲儿，绳索便统统断裂了。警官们见状大吃一惊，吼着猛扑上去。可变成自由身的人形豹恩田，根本就不拿警官当一回事，把他们一个个摔倒在地上，再一个个把他们扔到警车外面。”

“这么说，人形豹恩田是不是驾车逃走了？”

“是的，那家伙逃走了。”

“那你呢？”

“我吗？你是问明智小五郎我当时在哪里？我在树林里把人形豹恩田交给警方后，回到侦探事务所门前等他的父亲老年恩田自投罗网。”

文代夫人听到这里，脸上露出奇怪的表情，两眼紧盯着眼前的明智小五郎。虽说装着假牙的缘故导致说话声音瓮声瓮气的，但总觉得今晚上的明智小五郎像陌生人。

“那后来，人形豹恩田驾车去了芝浦！那里是大铁管堆场。他在那里等候老年恩田，也就是等他的父亲。父子在那里见面后，商定让乞丐送信给明智小五郎，也就是送到侦探事务所门口‘我’所在的地方。”

“那，那你……”

“我当时一直埋伏在门前，觉得老年恩田一定会来。可是，你说奇怪不奇怪？他好像识破了我的计策。因为，我抓人形豹恩田时不小心说漏了嘴。”

这时，文代夫人已经觉得自己的脖颈变得僵硬了，连点头也不行了。

“接着，‘我’在向导乞丐的带领下去了芝浦。现在，明智小五郎那家伙可能还在大铁管里，成了乞丐们穷追猛打的瓮中之鳖。乞丐们发现‘人形豹’后，不可能轻轻松松放他过关的。”

说到这里，他阴险地笑了：“嘿嘿嘿……”

“谁？你是谁？”

文代夫人脸色苍白，望着眼前不可思议的陌生男子。他如果不是明智小五郎，肯定是人形豹恩田。

就在文代夫人沉思的时候，人形豹恩田慢慢腾腾地站起身来，走到她跟前。唉，为什么一直没察觉呢？明智小五郎的眼睛不可能凶光毕露。尤其眼眸，仿佛燃烧中的蓝色火光。

文代夫人费了好大劲儿才慢慢恢复麻木的肢体，猛地站起身来，一弯腰从恶魔的腋下穿过，冲到走廊上。

“小林君，快来人呐……”

“小林君？哦，那个小浑蛋？他在用人房间里。你要喊他吗，我带你去！”

人形豹恩田追上去一把抓住文代夫人，拽着她走下楼梯。

“好了，你看呀！小林芳雄和用人都变成这般熊样了！”

他随手推开用人房间的门，让文代夫人看清楚房间里的情景，只见小林芳雄和用人都不省人事地躺在地上。

不用说，是麻醉剂导致他们昏迷的。瞧他们的嘴角两边，白色唾沫从嘴里往外涌。

“怎么样？看清楚了吧？对了，对了，当然我不会那样对待你。瞧！这里凑巧有装蜡像的棺材，就请你代替蜡像躺在里面吧！等一下我只要站在二楼朝外面打手势，运输公司的搬运工人就会来搬走这口棺材。至于运输公司的工人，不瞒你说是我的手下。你知道卡车将把为你准备的棺材送到哪里去吗？你猜猜看！不过，到时候你一定会高兴的。”

人形豹恩田神采飞扬，兴奋得唾沫四溅。明智小五郎绞尽脑汁制定的计策，结果反被对手将计就计。不用说，人形豹恩田还从来没有这样兴奋过。

人形豹恩田突然使力，将文代夫人推倒在棺材那样的木箱里，从衣袋里取出沾有麻醉剂的手帕，一把捂在她的鼻子和嘴上。

人形豹恩田将箱盖盖住木箱，用绳索捆紧，接着打算去通知在外面等候的两个手下让他们抬出去。

他朝玄关走去，可刚走了两三步猛地愣住了，房间里有电话铃声。

丝　线

人形豹恩田聚精会神地听了好一会儿，当明白确实是电话铃声后打了一个响舌，朝房间里走去，脸上浮现出得意的笑容。

他笔直走到书房里，拿起电话听筒凑到耳边。

“喂，喂，是我哟！你是谁？是小林君吗？”无疑，是明智小五郎打来的电话。

“喂，喂，你不是小林君吗？我有急事，你磨磨蹭蹭地干什么？”

此刻，明智小五郎焦急的模样似乎浮现在人形豹恩田的眼前。

“喂，喂，小林君现在不太方便，但是……”

人形豹恩田模仿别人的声音答道，满脸喜不自胜的表情。

“你不是小林君，那你是谁？”

“是我，你应该知道，而且应该知道得很清楚……”

“你是谁？还有谁在我家里？”

没想到明智小五郎似乎还没有察觉到，接电话的是人形豹恩田。

“一个也没有。”

“咦，你说什么？都这么晚了，家里一个人也没有？”

“是这样的。小林君在蒙头睡大觉，不管怎么喊也起不来。夫人她睡在放蜡像的木箱里出不来。”

好像是大吃一惊的缘故，明智小五郎的声音突然中断了。

“喂，喂，你怎么啦？你是明智先生吧？”

人形豹恩田得意忘形到了极点。

“哈哈哈……你是人形豹恩田吧！我还以为是谁呢。要真是恩田君，那就太好了。怎么，你的计划实施得很顺利吧？”

刹那间，明智小五郎的声音变得明朗起来。

“了不起！不愧是明智小五郎！遇事一点儿也不紧张！可是，你明白吗？我尽管被你抓住了，可又为什么会出现在这里接你的电话？”

“原因我当然清楚，除了麻痹大意外，日本的警官与野兽那样的家伙打交道缺少经验。托你的福，我也白走了一遭。”

“嗯，可你居然还活着？在芝浦那里吃了不少苦吧？”

“吃苦的不是我，而是乞丐们！我只是站在边上观看他们表演。哈哈哈……”

“这么说，你金蝉脱壳逃走了！你我二人都平安无事地突出重围，真是太幸运了！嘿嘿嘿……”

人形豹恩田和大侦探在电话里唇枪舌剑，还不约而同地大笑起来。

“根据你打来的电话，估计你大概是在芝浦附近的公共电话亭吧？”

“是的，我是在芝浦的公共电话亭里打的。”

“嘻嘻嘻……我太高兴了！你现在像没了脑袋的苍蝇。你那副傻样，好像就浮现在我的眼前。现在，你即便喊出租车过来，就是车速再快也至少需要二十分钟。如果打电话报警，警察赶到这里至少也要十来分钟。而我呢，只要二十几秒钟的时间就可以与你拜拜。因为，我离开贵府的准备工作都已经结束了。”

“……”

“你的助手侦探和用人，都在呼呼睡大觉呢！至于你那美丽的夫人，已经被我装在木箱里。嘿，我的卡车正在门口等候出发呢！你现在该知道我的超常智慧了吧……嘻嘻嘻……怎么，还嘴硬？知道吗，你在那么远的地方就是喊破嗓子也起不了任何作用！”

“喂，人形豹恩田，你知道我为什么如此镇静吗？你可能不知道我在想什么，难道你真不害怕？”

“浑蛋！你在挂电话前肯定做了手脚？是通知警察了？”

“哈哈哈……怎么？你还不怕？嗯，可能通知警察了。也可能是其他什么。总之，你已经中了我的圈套！哈哈哈……”

“住嘴！住嘴！你别打肿脸充胖子！”

“你还是耐心听我说吧！你再怒火冲天也是白搭。我呢，在跟你用电话愉快聊天的时候，就已经掌握你们父子贼窝的所在地了。我依靠的，就是那黑色丝线，当然是肉眼看不见的丝线。它像蜘蛛吐出的丝那样缠住你的身体，而且缠得你不能动弹。不管你去哪里，黑色丝线会一直缠着你跟着你。”

人形豹恩田听到这里，吹胡子瞪眼的，转动着身体打量周围。但是，这里不可能有黑色丝线。

“明智小五郎，你信口开河说些什么呀！好了，再见！顺便告诉你一声，你的那位美人被我领走了。”

“喂，再等一下！哈哈哈……你慌什么呀？我呢，还有话要说，哈哈哈，而且有许多话要说！哈哈哈……”

咔嚓！电话被挂断了。即便这样，耳边还是回荡着大侦探明智小五郎讽刺的笑声。

人形豹恩田的目光，又耀眼地闪烁起来。他来到走廊上，好像觉得有一个黑影瞬间消失在走廊尽头。

又像人又不像人，好像是大蝙蝠贴着走廊地面“嗖”地飞走了。

顿时，人形豹恩田慌了神，觉得周围好像有黑压压的一片警察。

他赶紧跑到玄关那里，轻轻将门推出一条缝，瞪大蓝光闪烁的眼睛打量外面的黑暗。茶树丛里，门前的路上，什么可疑的东西也没发现。于是，他吹了两声口哨。

少顷，从大门边上闪出两个黑影，飞快跑来。他们身上是搬运工打扮。

“大门口没发现可疑情况吗？也没发现什么人吗？”

“嗯，连一只猫也没发现。”一名男子轻声答道。

“哎，刚才不是遇上什么了吗？”

“傻瓜，那是你的想象！”

“喂，你俩叽叽喳喳地说什么呀？是不是遇上什么啦？”

人形豹恩田训斥他俩。于是，一名男子紧张地朝周围张望了一下，说出刚才看见的怪现象。

“好像有一个小不点儿黑影，在卡车周围转来转去。”

“那怎么可能！快搬木箱装车！就在走廊上，稍有点儿重。”

人形豹恩田走在前面，朝木箱靠近。

“就是这个！不要笨手笨脚的，里面装有贵重品。”

“喂，喂，简直像棺材。”

“是装蜡像的木箱，里面放有重要的蜡像。好了，快搬！”

“原来是这么回事！还真有点儿重呢！”

趁两名男子把木箱抬起来的时候，人形豹恩田偷偷地看了一眼用人房间，见里面丝毫没什么变化，小林芳雄和用人睡得正香。小林芳雄搬来的酷似文代夫人的蜡像，也躺在房间的地面上。

接着，人形豹恩田朝大门外面走去。黑暗里，熄灭车灯的卡车正停在那里。

两名男子把木箱抬到车上后坐到驾驶席上，人形豹恩田则与木箱一起坐在车厢里。引擎发动后，卡车迅速驶离明智侦探事务所门前。

隔了一会儿，匆匆赶来的警察们没能赶上卡车。

令人形豹恩田及其手下担心的，是那个在走廊上和卡车周围转来转去的可疑黑影。可卡车离开了那里，人形豹恩田觉得黑影再有能耐也起不了作用。

不过，他担心黑影也许悬挂在卡车下边。于是，途中小心翼翼地检查起卡车周围来。不用说，那样的黑影根本就没有。

人形豹恩田总算放心了，觉得自己终于战胜了人称天下第一大侦探的明智小五郎。他坐在摇晃的卡车车厢里，靠着蜡像木箱，嘴角浮现出得意的笑容。

看来，明智小五郎刚才在电话里的那番话，也许只是吓唬吓唬人形豹恩田而已？不，其实不是那回事。他在电话里说得很清楚，有黑色丝线缠住了人形豹恩田。瞧！黑色丝线正从飞速行驶的卡车底盘下伸出在地面上画线，跟着卡车不断地朝前延伸。

然而，坐在车厢里的人形豹恩田是不会清楚这一情况的。就是再下车检查，也难以分辨出那么纤细的丝线。因为，黑色丝线细得难以让人察觉。

一路上，贼车选择的都是冷清偏僻的路，在深夜的东京街头上不停地朝北行驶，五分钟，十分钟，二十分钟……一路顺风地朝前行驶。

人形豹恩田背靠着蜡像木箱，像一大团漆黑的煤炭丝毫没有晃动。可片刻后，在接近九段一带护城河的时候，眼前出现了意想不到的情景。

只见人形豹恩田在车上弯下腰，手不停地摆弄着什么。

哦，明白了！他等不及了，想尽快窥视木箱里的情况。他解开捆绑木箱的绳索，掀开箱盖长时间地朝里窥视。

咦，他想干什么？只见他从木箱里抱起昏睡的文代夫人，接着把她挟持在腋下突然站起身来。

人形豹恩田耷拉着脑袋，腋下挟持着文代夫人，叉开双腿站在飞驰的卡车上。文代夫人身着白色服装，人形豹恩田身着黑色服装，黑夜里白装和黑装分外分明。

刹那间，人形豹恩田又现出野性，使劲儿拽文代夫人的脑袋。于是，文代夫人的脑袋宛如橡皮泥开始变长，变长……

紧接着，人形豹恩田拧下变成冬瓜形状的文代夫人的脑袋，像扔球那样掷向车外。黑暗里，文代夫人的脑袋像流星那样拖着尾巴飞向空中。

歇斯底里的人形豹恩田，嘴喷白色唾沫，像发疯那样大吼大叫，吼声在空中回荡。须臾，他将文代夫人的身体撕成一块一块的，扔向车外黑暗的护城河里。那模样，像一个个白萝卜扑通扑通地掉落在水里。

名　犬

警视厅的中村警长睡得正香的时候，被一阵敲门声惊醒。来者是他的好友大侦探明智小五郎，来请他助一臂之力抓捕人形豹恩田。

“什么事？是明智君吧？我还以为人形豹闯进我房间里了呢！”

“哦，对不起，我还没来得及卸妆呢！”

还是人形豹恩田装束的明智小五郎说。

中村警长从他的叙述中了解到了今晚发生的情况，立刻挂电话到警视厅，挑选了几名武艺高强的刑事侦查警官，命令他们立即赶到明智侦探事务所，自己也迅速做好出门准备，与明智小五郎一起坐上出租车。

“哎，等一下！你这里有一条名犬吧？”

“是的，叫夏罗库。”

“我想借用一下，今天的行动没有它不行。”

“好，那就让它上车一起去。”

按明智小五郎说的，中村警长牵来身材高大的警犬一起上了车。

警犬夏罗库一点儿也不闹，乖顺地趴在中村警长的两膝之间。所谓夏罗库，其意思是指出色的警犬。夏罗库像它的名字那样，已经配合中村警长立下无数次赫赫战功。

“你想让夏罗库立功吗？”

车一启动，中村警长问明智小五郎。

“嗯，这条警犬能否立功，直接关系到我今后的侦探生涯。如果夏罗库一切顺利……哦，是啊，那是我担心的。”

不知何故，明智小五郎忐忑不安起来。

“在电话里我对人形豹恩田吹嘘了一通，但我心里并没有底只是估计而已。如果现实情况能像我说的那么顺利……”

“你担心的那……是指谁？”

中村警长压根儿不清楚明智小五郎说的意思。

“哦，三分钟时间……不，两分钟时间就行了。只要那家伙能坚持两分钟就好了！中村君，人屏住呼吸能坚持两分多钟吗？”

“明智君，你提了一个怪问题。要说屏住呼吸超过两分钟的人，这世上有不少哇！比如潜水采海贝的渔家女，也许屏住呼吸可以达到好几个两分钟？但城市人很难达到那种程度，能有三十秒钟左右就不得了啦！”

“那是我希望的时间值！城市人中间如果有屏住两分多钟呼吸的，那会怎样呢？也许能在某种场合起到意想不到的作用？”

“你认识那样的人？”

“嗯，认识。”

说完，明智小五郎低头不语了。中村警长十分清楚明智小五郎的脾气，放弃打破砂锅问到底的打算。

不一会儿，车到达明智侦探事务所的门口，下车后二人朝着空荡荡的事务所里走去。

明智小五郎在二楼房间里转了一圈，没发现什么可疑情况，朝楼下走来。这时，中村警长去走廊深处的用人房间检查，把门推开条缝朝里窥视。在！在！小林芳雄和用人以及蜡像都躺在地上，睡相各异。

“喂，明智君，快过来，快过来！”

中村警长这么一叫喊，明智小五郎赶紧跑过去。

“喂，你瞧，你瞧，躺在那里地上的是你夫人吧？夫人没遭到绑架？”

中村警长指着蜡像，以为那是文代夫人。

明智小五郎没去那里，而是弯下腰仔细观察小林芳雄的脸，似乎在祈祷什么。

正如明智小五郎希望的那样，小林芳雄的眼睛微微睁开一条缝，长睫毛背后的眼睛和明智小五郎的眼睛相互对视。

明智小五郎倘若是平时打扮，根本不需要对视的时间，小林芳雄一眼就能认出他。可眼下，明智小五郎没有卸妆，仍然是人形豹恩田的打扮。

“哦，先生！”

小林芳雄终于认出对方是明智小五郎，边喊边腾地从地上站起。

咦，刚才还昏迷不醒的小林芳雄，怎么突然间苏醒了？

刚才还是深感不安的明智小五郎，一看到这情景，脸上堆满了笑容。

“哦，小林君，小林君，你干得太漂亮了，太漂亮了。”

明智小五郎一把抱住站起来的小林芳雄肩膀，随后握紧他的手。

“你俩简直就像一对父子！到底高兴什么呀？”中村警长惊讶得目瞪口呆。

“嗯，果然像我盼望的那样。是啊，我可是从不撒谎的呀！中村君，你也应该高兴高兴，文代已经平安无事，抓获人形豹恩田指日可待，夏罗库可没有白来呀！”

“确实值得庆贺。可是，文代夫人平安无事不是明摆着的嘛！她不是没有被害吗？”

中村警长焦急地指着倒在地上的蜡像。

“可是，我一直认为那是蜡像！因为，明智君你也是这样对我说的吧。今天晚上，使用了从衣服到服饰都是蜡制的文代替身的蜡像。再说那蜡像也躺在地上，因为，真正的文代夫人可能是被人形豹恩田装入木箱载在车上带走了。可根据小林君刚才的表情分析，我才察觉那果然不是蜡像。小林君，我没说错吧？”

他转过身看小林芳雄，小林芳雄笑嘻嘻地频频点头。

奇怪！如果真是这样，那可不合逻辑。人形豹恩田确实是把文代夫人装入木箱装上车带走的。

途中，人形豹恩田还把文代夫人的身体撕成一块一块的，扔到了九段一带的护城河里。可是，文代夫人现在却又复活了，实在让人无法理解。

但躺在地上的，的确不是蜡像，而是真正的文代夫人。

文代夫人全身无力，中村警长和明智小五郎把她抬到书房的长沙发上。文代夫人体内的麻醉药性还没有完全消失，仍处在昏迷不醒的熟睡状态。他们立即挂电话给医院，医生赶来给文代夫人和用人服了解药。

眼下最重要的，必须尽快抓住人形豹恩田。

“明智君，我还没弄清楚究竟是怎么回事。是小林君的功劳吗？可他……”

“没错，是小林君立的大功！他善于领会我的意图，跟我之间可以说是心有灵犀一点通啊！”

“照这么说，小林君，你是趁人形豹恩田不注意的时候，把已经被装入木箱的文代夫人和替身蜡像调包了。是吗？”

“是的。不过，如果没有先生那么长时间和人形豹恩田通电话，我也就无法下手。其实，我一直在等待那样的机会降临。没想到先生打来了电话，真可谓天赐良机。先生设法与恩田长时间交谈，为我赢得了调包的时间。我听到电话铃声，接着听到先生与人形豹恩田交谈，就仿佛接到了先生无声的调包命令。”

小林芳雄年轻的脸上充满了青春的光泽，笑嘻嘻地解释。

“嗯，可我还是有不明白的地方。不用说，你也被人形豹恩田强行灌麻醉药了呀，否则，那家伙是不可能放任你不管的。”

“是的，但他不知道我能屏住呼吸坚持很长时间。中村警长，我可以在两分多钟时间里屏住呼吸不换气。平日里，先生经常提醒我练习长时间屏住呼吸不换气。因此，即便遇上感冒造成鼻塞的情况，我照样可以屏住呼吸装作昏迷不醒的模样。”

是啊！人形豹恩田根本不会想到小林芳雄具有这样的装死本领，见他脑袋耷拉的模样以为被麻醉而彻底放心了。

“啊，你还真有一套，佩服，佩服。哈哈哈，明智君，你刚才说的像猜谜那样的话就是指小林君的这个功夫吧？”

“是的，我的胜败关键就在这里……哎，小林君，还有一件事你应该没忘吧？昼间是白色的，夜间是黑色的。”

“是的，那也干得很成功。不用说，是黑色的。驾驶席上的人形豹恩田手下虽说有所怀疑，但还是没察觉到我设置的机关。”

“中村君，我的发明起作用了。”

“嗯，看你的表情，是件很有趣的事吧？到底是什么发明？你们说的昼间是白色夜间是黑色，是指什么？”

“是指装在汽车底盘后侧的跟踪器。在人不能直接跟踪的情况下，就采用这种装置了解对手的行踪。在装有木馏油的铁罐两侧，安装结实的吊耳，把它挂在汽车底盘后侧就可以了。

铁罐底部有针孔大小的洞，木馏油穿过针孔呈线状流淌，在地上画长线。”

“哦，接下来，让警犬夏罗库嗅木馏油味追踪人形豹恩田的行踪。现在，我明白了你要带夏罗库来这里的作用！哎，可白色和黑色是意味什么呢？”

“那是说，昼间用白色的木馏油，夜间用黑色的木馏油，这是侦探事务所必须具备的。其实，跟踪是很艰巨的任务。平日里，我跟文代和小林君交谈过，遇紧急场合一定要把这项新发明用上去。像今晚这种场合，用它是最适合的。我想，你也应该表扬小林君的机智聪明和成功的临场发挥啊。”

“嗨，真羡慕你有这样的弟子，抓住人形豹恩田接听电话的机会，敏捷地完成调包任务。嗨，让我佩服得简直是五体投地啊……哎，为扩大小林君这一妙举取得的战果，我们应该立刻查清人形豹恩田的去向。”

“是的，这需要一辆警车。我们坐警车，让夏罗库警犬在前面带路。”

“嗯，我的部下马上就要到了。”

片刻，两名武艺精湛的刑事侦查警官坐着警车赶到了。明智小五郎和中村警长坐上警车，警犬夏罗库被套上牵绳后，由坐在副驾驶席上的中村警长牵着。

小林芳雄让夏罗库嗅浸有木馏油的布，目的是让它记住木馏油味，沿着木馏油跟踪器绘制的黑丝路线找到人形豹恩田卡车的去向。

夏罗库嗅了一阵子似乎记住了木馏油味，于是鼻尖擦着地面跑了起来。

“好，出发！”

中村警长向司机发出命令，警车驶离路边跟在夏罗库身后。

夏罗库时而站住时而奔跑。每遇上夏罗库站住的时候，警车不得不减速。每遇上夏罗库奔跑的时候，警车不得不加速。

夏罗库不愧是名犬，朝着人形豹恩田他们逃跑的北面方向紧追不舍，穿过一条又一条万籁俱寂的街道。

明智小五郎在电话里与人形豹恩田交谈时，说过有黑色丝线紧紧缠在他的身上。其实，黑色丝线就是指木馏油跟踪器。可见，明智小五郎并不是无中生有。

掩　护

夏罗库沿着黑色丝线奔跑着，穿过人形豹恩田经过的街道后，来到九段附近的护城河边。此刻，日光锐利的明智小五郎发现了形状奇怪的碎片。

“喂，那是什么？快停车！”

司机戛然刹住车。中村警长赶紧拽住牵绳，示意夏罗库停止前进，

“你俩谁带手电了吗？”

一名警官立即掏出手电递上，明智小五郎赶紧跳下车。

“果然是这么回事！中村君，人形豹恩田途经这一带时打开过棺材箱盖，发觉自己上当后歇斯底里地发泄了一通。”

明智小五郎一边用手电照着地面，一边朝前走。手电光束里，相继出现了蜡像的脑袋、手和脚等。原来，人形豹恩田扔

到车外的是蜡像，而不是文代夫人。

“哈哈哈……这家伙，当他明白费了九牛二虎之力弄到的猎物居然是蜡像时，气得暴跳如雷。现在，他当时发疯的模样仿佛浮现在我的眼前。瞧！地上到处都是，把蜡像撕成如此碎片，可以想象他的残酷本性。”

明智小五郎说完返回车里。

“嗯，那家伙也许是垂头丧气回去的？或许是又去你事务所大闹？”

中村警长担心地嘟囔着说。

“没关系！我在电话里吓唬过他，他也是担心再次落到警察手里而仓皇逃走的。现在，他以为警官已经来到我的事务所，绝对没有去事务所的勇气。他为了不暴露自己的行踪，一定进行过细致的检查。不过，那黑色丝线是永远缠着他的。如果这家伙使回马枪，至少要停一会儿车。可根据目前的情况来看，没有那样的迹象。”

“那家伙可能打消了杀回马枪的念头……好，那，前进！”

警犬和警车再次启动。

黑丝继续向前延伸……不久，警车来到浅草公园背后的道路上。当接近葫芦池边时，夏罗库猛然发出奇妙的叫声，叫声非常激烈。

“喂，快瞧！这里有一小摊黑色木馏油，说明他们的卡车在这里停过一阵子。瞧，好像是朝来的方向返回了？咦，夏罗库好像也打算朝来的方向返回。看来，人形豹恩田他们确实在这里下过车。看来，我们有必要在这里调查一下。”

根据明智小五郎的建议，大家一起下车调查。说到浅草公园，面积很大。也许，人形豹恩田一伙在这一带寻找过什么？

“这么热闹的场所里如果有他们的贼窝，那可就棘手了。”

中村警长一脸伤脑筋的表情。

“也许是那样。在东京都内，应该说有适合歹徒居住的场所。尤其这里是东京都人口和建筑最密集的地方，有住宅楼，商务楼，露天商铺和四通八达的道路，人山人海，熙熙攘攘。如果人形豹恩田一伙选择这里为大本营，这主意确实妙。就像真豹与密林之间的关系那样，人形豹一旦混迹于闹市，可就增加我们追捕他的难度了。”明智小五郎说。

“要真是那样，说明我们遇上了很难对付的歹徒。别说我们这几号人，即便出动东京的所有警察，也未必能抓到他。”

“先别这么说，等调查后再合计。像这种地方如果有歹徒活动，肯定会有人察觉。也许，有行人见过人形豹恩田他们。”

现在这时候，不用说，电影院已经散场，商店已经打烊。因此，这一带既没有刺眼的灯光，也没有喧闹声。但是，道路上还有相当数量的行人。

他们一边夹杂在行人中间行走，一边搜寻可疑对象。这时，他们发现路边坐着一个双腿瘫痪的乞丐，身上破衣烂衫脏兮兮的。

“哦，问一下这家伙！”

明智小五郎自言自语，朝乞丐跟前走去。

幸亏还没卸掉人形豹的妆，非常适合向这样的人打听。

“喂，喂，半个小时前，你有没有见过跟我一样打扮的人经过这里？瞧，就是跟我这模样相同的人。”

明智小五郎叉开腿站在乞丐跟前打听，乞丐猛地抬起头打量明智小五郎。从外表看，这个乞丐属于特等残疾，脚根本就不能行走。手上套着草鞋，脸上有好几处已经腐烂的脓疮。

“啊，有，有。刚才，有一个与先生您相同模样的人经过这里，好像是朝那边，朝那边走了。”

“真的吗？你没看错吧？”

“嗯，是真的，我没看错，外表跟先生相似，眼睛里射有蓝光。”

“好极了！肯定是那家伙！”

明智小五郎走在前面，朝观音堂方向走去，大家紧随其后。来到那里，他不断地向正在闲逛的流浪儿们打听，可没一个能说清楚的，于是在那一带展开仔细调查，结果什么收获也没有。

“今晚只能打道回府了！要搜索这么大的公园，必须调集大批警察来这里包围搜索。可话说回来，要在闹市里抓捕人形豹恩田，难度是相当大的。”

“嗯，我会尽快报告警视厅，商定抓捕方案。好在今晚，我们终于了解到人形豹恩田一伙的据点大致位置。就凭这，应该说是不小的收获呀！”

明智小五郎一边跟中村警长说，一边带着两名警官沿着来时的路返回。途中，发现刚才那个双腿不能行走的乞丐还坐在原地。明智小五郎好像突然想起什么，从衣袋里掏出零钱丢到乞丐跟前，从他跟前经过。

“先生，先生。”

大家听到喊声急忙停住脚步转过脸观察，原来是那个乞丐正在喊他们过去。

“先生，你们掉了东西哟！就是这，这个。”

叫花子套着草鞋的手指着的地方，有一只对折的信封。

“是我掉的吗？”

明智小五郎不可思议地往回走了几步，拾起那封信。

“确实是从先生衣袋里掉落出来的，就是刚才！”

乞丐丑陋的脸上堆满恭维的笑容。

借助路灯打量信封，上面写有“明智小五郎”五个字。明智小五郎仔细回忆起来，可就是回忆不出是什么时候把这样的信放在衣袋里的。

“喂，中村君，我们刚才在公园里也许和人形豹恩田一伙擦肩而过。”

“什么？你是说我们与人形豹……”

“是的，我觉得一定是那么回事。这里光线太暗，回到警车再说，嗯，要认真研究一下这封信。”

借助明亮的车灯，四张脸凑在一起研究起这封信来。制作信封的材料，是廉价的淡色牛皮纸。信封背面没有寄信人的姓名，信封也没有封口。明智小五郎急忙抽出里面的信纸，上面写有潦草的铅笔字，内容如下：

明智君：

你不愧是大侦探！我好不容易弄到手的猎物，眨眼间却变成了蜡像。还有，你现在居然跟踪我来到这里。你的嗅觉厉害，太厉害。我正在一个劲儿地打哆嗦呢，就是因为受到你的惊吓……唉，真可怕！

不过，明智君，当你看完这封信时脸上的表情，我真想看看呢！你一定在思索，是什么时候，又是谁把这信放入你衣袋的。你能猜得出吗？

明智君，我觉得你在侦查方面还需修炼一段时间。好了，不多说了！不久，我们还会见面的。

人形豹恩田

“嘿，还真让我大吃一惊呢！看来，刚才在公园昏暗的地方，人形豹恩田一伙确实在我们眼皮底下经过。这不，还神不知鬼不觉地把信塞入你的衣袋。”

中村警长说完瞪大双眼。

站在一旁的明智小五郎陷入沉思，好像在回忆什么。

这事太蹊跷了！我怎么会放过出现在我眼前的敌人呢？那家伙居然还把手插入我衣袋……不可能，绝对不可能！自己一直保持着高度警惕，如果有可疑迹象绝不可能逃过我的眼睛……

“等一下，我明白了。”

明智小五郎的眼前一亮。

“是的，一定是那么回事。喂，中村君，我错过一个很好的机会。不过，也许还来得及，就是那家伙！走，快抓住那个双腿瘫痪的乞丐！”

明智小五郎飞也似地跑了起来，中村警长和其他两名警官也甩开双腿奔跑起来。等跑到刚才拾信的地方，乞丐已经无影无踪。

明智小五郎的判断果然正确。这家伙是在明智小五郎和警官经过的一瞬间把信扔在路上的，随即制造告知失主有东西掉落的假象。敢于当警察面耍这种把戏的，除人形豹恩田外不会有第二个人。

他居然把自己装扮成高度残疾的乞丐，隐藏在浅草一带的路边观察警方的动静。

他们四个人在那一带搜索了一会儿，没发现像刚才的乞丐那样的可疑家伙。明智小五郎见不远处有摆摊的算命先生，便朝那里走去。

“哎，先生，你每天晚上都在这里替人卜卦算命的吧！你知不知道有一个双腿残疾的乞丐？他常在这里吗？”

明智小五郎探出上身问道。

算命先生是长着银须的老头，鼻梁上架着宽边眼镜。

“嗯，你是说双脚残疾的乞丐？不知道！这里没有你说的那种人。”

“可是，他刚才在这里的哟！我还跟他说过话的。就这么一会儿工夫，那乞丐居然不翼而飞了。老人家，他没在你面前经过吗？”

“不知道。我刚才在给客人看相算命，一点儿也没察觉到。”

“噢，是这样，那，谢谢你了。”

明智小五郎见问不出什么结果，只好打道回府，朝警车停的方向走去。

“嗯，多云转晴了，终于断念了。”

算命先生自言自语地嘀咕着这些难以听懂的怪话。谁知话音刚落，只见桌子下边钻出一个人来，就是刚才那个双腿残疾的乞丐。

乞丐既不是残疾人，也没受过其他什么伤，站起来后与算命先生肩并肩地坐在一起，一把拽下粘在脸上假装生疮的面具。原来，这家伙就是人形豹恩田。

“我知道明智小五郎的模样，但他不知道我的长相。嗨，被我巧妙地作弄了一回。”

算命先生嘶哑的声音里夹杂着阴险的语调，一边说一边摘下眼镜。不用说，他是老年恩田，就是人形豹恩田的父亲。儿子装作残疾的乞丐，父亲装作算命先生，暗中联系，相互掩护，隐蔽在人山人海的闹市中心。

“像我们这样的化装已经很长时间了，今天晚上必须卸妆。明智小五郎嗅觉非常敏感，也许在驶离路边的车上察觉到了我们的秘密。”

“那不已经是马后炮了嘛！”

人形豹恩田说完，打了一个长长的呵欠，接着说：

“父亲，你今天掩护得太成功了！”

“嗯，从麻布到芝浦，从芝浦到浅草，我们一切都很顺利，而明智小五郎连连碰壁。那才是我们父子俩最高兴的。”

父子俩喜形于色，相互对视后嘻嘻笑了。

哭 诉

浅草的K剧院边上有一家叫爽轩的理发店，精神抖擞的五郎是这家理发店的职工。

一天晚上，店堂里顾客盈门，忙得不可开交。这时，走进来一位警官。

“对不起，请把这张纸贴在店里的墙上。”

警官拿出一份奇怪的书面通缉令，上面印有豹模样的男性歹徒的照片。

“这家伙也许是人形豹……”

“是的，这家伙逃到浅草公园后至今再也没出现。凡是发现他并向警方举报的人，我们警方将给予一笔丰厚的奖金。”

“哎，警官，那家伙多半逃到别的地方去了？”

“不，不可能。昨天晚上，他曾在观音堂里出现过。一名擦皮鞋的青年半夜两点经过观音堂门前时，听到不知从哪里传出的鸡叫声。于是在那一带寻找，结果发现旁边躺着一只满身是血的鸡。他吃惊地抬起头扫视四周，听到观音菩萨大灯笼发出扑哧的声音，灯笼破了，与此同时从那里探出一张人形豹的脸。我们警方接到报警立即赶往那里，可这家伙却逃之夭夭了。”

“呀……”顿时，理发店的客人们神情紧张起来，你看我，我看你，都是提心吊胆的模样。警官一连叮嘱好几遍，离开了理发店。

顾客们盯着通缉令上的照片，开始交头接耳。

“太吓人了！我听说，这家伙即便在暗处也会从眼睛里射出蓝光。”

“我听说，这家伙的嘴里长着獠牙。”

“嗯，不管是狗还是鸡，他都毫不费力地一口吞吃。”

“即便是人，他也能生吞活吃。”

“来了这种人不人兽不兽的家伙，公园里马上就会变得冷清。”理发店店主皱起眉头说。

“唉，太可怕了，像这种非常时期，还是早点儿关门打烊吧！”

由于人形豹恩田的出现，弄得客人们人心惶惶。于是，爽轩理发店店主决定提前关门。

且说该店的青年职工五郎，在学校里曾获得过柔道初级证书，听说了人形豹恩田的情况后，很想与他过招交手，于是悄悄从后门溜出，去浅草公园寻找人形豹恩田。

“毕竟不是一般的对手，还是带上家犬去吧！”

小心翼翼的五郎牵着爽轩理发店引以为豪的贝阿犬，出发去浅草公园。自从人形豹恩田的情况传开后，夜晚的浅草公园里不再有游客或者行人经过。

五郎先经过池边，沿着观音堂前面的道路大步行走。如果是白天，这一带到处是出售旧衣服的摊位，光顾这里购买旧衣服的顾客也很多，热闹非凡。但眼下却是夜深人静，犹如无人岛。

“都是胆小鬼！”五郎嘟嘟囔囔地朝着家犬说。

没想到这句话竟然像信号那样，对面突然出现了一个老人。不知为什么，老人也像五郎那样手牵着一条大型犬。

“说不定，这老人跟我一样是来抓人形豹恩田的？”五郎忍俊不禁。

老人牵着大型犬大步朝他走来，就在他俩之间的距离缩短到五米左右的时候，五郎歪起脑袋，不可思议地嘟囔起来：

“奇怪！那犬怎么那么大？”老人手上牵着的那条犬，无论从哪个角度看，与动物园铁笼里的豹非常相似。

“莫非是人形豹恩田？”

五郎想到这里停住脚步，可老人慢悠悠地经过，根本不朝他看一眼。

“确实像人形豹！可是，这老人是谁？”

五郎越发觉得不可思议。他手上牵着的贝阿犬可能也是持相同想法，脊背上的毛倒立起来，露出锋利的牙齿，喉咙深处发出“呜，呜……”的吼叫声。

可老人的那只大犬，不知何故，脖颈上没有拴牵绳。像这么高大既像犬又像豹的野兽，为什么会如此乖顺地听从老人的使唤呢?

“咦！”五郎再度瞪大眼睛，发现老人身后还有一条大犬，可并不像犬倒更像野兽，正慢腾腾地爬着。

不可思议的是，野兽身上，穿的居然是黑色服装，却像野兽那样爬行。

“我不是做梦吧？”五郎不由得摇晃起脑袋来。就在这时候，身着黑色服装的野兽竟然朝着五郎瞟了一眼。

“哇！”千真万确！这不是大犬，是人形豹恩田！与通缉令上的照片完全一样。又大又圆的豹子眼，月亮形状的大嘴巴，通红通红的嘴唇，寒光闪闪的白色獠牙，朝着五郎笑眯眯的。

“呜……”贝阿犬拉开嗓子不停地吼叫，似乎忍不住了，冷不防挣脱五郎手中的缰绳朝怪物猛扑过去。

“贝阿，贝阿！”五郎如梦初醒，大声喊叫，可一切都已经迟了。

只见扑向人形豹恩田的贝阿犬，嘴巴被撕裂了，随着“哇”的一声惨叫被扔到地上。看到像猫那样趴在地上的贝阿犬，五郎悲伤地哭叫着，连滚带爬地跑到附近的派出所。

“豹……豹……”五郎上气不接下气，疯疯癫癫地嚷个不停。

警官们问清情况后，立即拿着枪赶往出事地点，可那里早已一片宁静。老人与人形豹恩田消失了。

五郎的哭诉并非幻觉，最有力的证据便是躺在那里死去的贝阿犬。看到它那惨不忍睹的模样，在场的人都不由得全身爬满了鸡皮疙瘩。

消　失

“什么都市密林不都市密林的，不就是东京闹市区吗？什么活生生的豹在那里游荡逛街的说法，我就不信！”

接到报告的中村警长不以为然。

“但是，那条贝阿犬确实被撕得四分五裂。这，你难道没听说吗？”

明智小五郎把双臂交叉在胸前，对中村警长说。

“这家伙肯定是人形豹！我看，这对恩田父子是牵着一条犬在走路，而胆小的五郎君把犬错看成了豹。”

“那就是看错也没什么。可我担心的是，那也许是恩田父子俩新炮制的阴谋？”明智小五郎一边说，一边伸出右手，用手指不停地梳理乱蓬蓬的头发。

这时，中村警长的部下报告说：

“警长先生，那是真豹！花园的经理报警说，刚买来的一头豹失窃了，请我们警方设法找到它。”

所谓花园，就是供游客欣赏的花园动物园，饲养着各种野兽。那头豹，是花园动物园引以为豪的猛兽。

“什么？你是说花园动物园里的豹失窃？”

“是的。奇怪的是，那头豹不是破笼而逃，而是被贼窃取钥匙后打开笼门悄悄牵走的。”

“是那家伙！是那怪老头！”

明智小五郎嘟囔着说。

“肯定是那怪老头盗窃的。喂，中村警长，这可不是小事！怪老头以前饲养过豹，但愿这家伙别寻衅闹事。”

“看来，怪老头嗜好养豹。”

“既然这样，只有采用最后的手段把他引出来。我看，这家伙肯定隐蔽在公园某个角落里。”

第二天下午，明智小五郎和夫人文代夹在公园的游人中间行走。不用说，他俩都是化了装的。被人形豹视为第三猎物的文代夫人，如果不化装就进入那家伙经常出没的场所，后果是不堪设想的。

此刻，他俩都扮作擦皮鞋师傅的模样，身上穿着油腻的服装，脸上涂有黑鞋油，看上去黑不溜秋的。

明智小五郎是这样想的，让文代夫人待在家里，随时会遭到人形豹恩田的偷袭。也有许多好心人对明智小五郎说，建议文代夫人去安全的地方躲一躲。

但人形豹恩田似乎长着顺风耳千里眼，要不了多久就会发现文代夫人。总之，不管什么地方都不牢靠。与其说躲避，倒不如把她带在身边是最安全的，同时还能在侦查方面助自己一臂之力。

他俩挤在人群里，瞪大眼睛仔细搜寻，就像在密林里追踪豹子的猎犬。

两家大电影院之间有一条光线暗淡的直巷，远看像两座悬崖中间的谷底。平日里，即便游客再多，也很少有人走这条昏暗阴沉的直巷。

明智小五郎和文代夫人若无其事地朝这条直巷里走去，当朝里刚跨了一步的时候，发现了奇怪的现象。

直巷里有一只站着行走的大老虎，满不在乎的模样。

当然，那不是真老虎而是推销员。身穿老虎斑纹图案的衬衫，头上套着庞大的虎头面具，肩上插着写有白字的红色旗帜，手里拿着一沓红色的商品广告。

旗帜上面写的白字，是"Z魔术团"。不用说，魔术团已经在附近安营扎寨，派出这些推销员到处散发广告，招揽观众。然而，让推销员扮作老虎散发广告还真少见。

无疑，是把老虎当作吸引观众的道具。

明智小五郎虽这么思索，但还是满腹狐疑。

虽说推销员的外表是老虎打扮，可那身打扮多少有点儿像豹，也许隐藏在虎头套里的是人形豹恩田的脸。

明智小五郎加快脚步朝推销员跟前靠近。

奇怪的是，推销员一边不停地朝后张望，一边沿直巷朝着前面的横巷转弯。那模样似乎有意暴露自己的去向，引诱明智小五郎。

明智小五郎一阵猛跑来到进入横巷的转弯角上，站在那里拦截。那家伙见状似乎觉得难以逃脱，突然加速朝横巷里跑去，少顷停住脚步不走了。

“喂，你把虎头套给我摘下，让我看看你那张脸。”

“嘿嘿嘿……你想看我的脸吗……”

推销员摘下虎头套露出脸来。

肯定是那张人形豹恩田的脸吧？

不，不，不是那样的！

这是一张瘦得净是骨头的黑脸，此人看上去年龄大约五十岁，眉毛又黑又粗，鼻子下边的八字胡两侧连接着两边的耳根。

“对不起，失礼，失礼，我看错人了！”

“嘿嘿嘿……怎么样，请收下广告。”

推销员递上一张广告。

明智小五郎随手取下，猛然发现广告背后写有潦草的铅笔字：

明智君：

文代夫人有危险吗？告诉你，我想做的事情是一定会成功的。不达目的，绝不罢休。

这笔迹十分眼熟，跟以前收到过的信和便条上的潦草字迹十分相似。看来，这个老虎打扮的推销员和人形豹恩田之间可能有什么关系。

“喂，这是你写的吧？”

“嘿嘿……不是我。刚才，有一个陌生人递给我的，要我送到你手上！”

“那家伙是什么打扮？”明智小五郎问道。

“嗯，绅士打扮，三十岁左右……”

“脸的特征呢？”

“嘿嘿嘿……那家伙的脸看不清楚，好像是不希望我看见他的脸，从鼻子到下巴被手帕遮住了。”

“哎，你知道人形豹吗？”

“嗨，你是说人形豹吗？”

“是的！那家伙多半是人形豹……他，他朝哪里走了？”

“朝这边走的！”

“是急匆匆走的吗？”

“是的，是跑着过去的。这么说，那家伙就是社会上传说的人形豹恩田吗？哦，太可怕了……”

推销员重新戴上虎头套，慢腾腾地走了。

明智小五郎突然想起什么，不由得转过脸眺望背后。

啊……没想到，理应在他背后的文代夫人，不知什么时候无影无踪了。

“糟糕，出事了？”

明智小五郎立即察觉到出事了。文代夫人事先没说过要去什么地方，本应该能见到她的人影。广告上写有一句嘲笑的话：文代夫人有危险吗？

看来，她确实遇上危险了。

黑　熊

刚才，当明智小五郎沿直巷跑到横巷转弯角追上推销员的时候，文代夫人由于脚步稍慢了一点儿，凑巧来到直巷的中间地段。那里的左侧人行道上有像洞窟那样的水泥楼梯，十分狭窄，朝着建筑物的地下室延伸。

就在文代夫人经过那里的时候，忽见洞窟般的楼梯里嗖地蹿出一个黑色的怪物，从背后冷不防抱住她。

文代夫人还没来得及叫喊，嘴和鼻子已经被怪物手上的毛巾捂得严严实实。那毛巾上沾有麻醉剂，难闻的怪味直扑文代夫人的鼻孔。

怪物轻松地抱起耷拉着双手和双脚的文代夫人。

当文代夫人睁开眼睛醒来时，发现自己躺在深咖啡色的草席上，四周光线暗淡，不知道是什么地方。

“哦，醒来了，明智夫人，你现在就是插上翅膀也休想逃走啦。”

文代夫人呆若木鸡，映入她眼睛里的是人形豹恩田。蓝眼眸闪闪发光，脸上瘦得只剩骨头和皮，嘴唇颜色血红。

“啊，你是人形豹恩田。”

“嘻嘻嘻……是的，我就是人形豹恩田。”

面目丑陋的人形豹恩田说完，鼻子里的臭味直扑文代夫人的脸上。

“杀了我吧！快杀了我吧！”文代夫人歇斯底里地叫嚷。

“嘻嘻嘻……我知道，等一会儿我会满足你愿望的。我正在思考，让你接受壮烈的死法。”

人形豹恩田的脸上露出阴险的笑容，猛地打开旁边的壁橱门。

壁橱里有大木箱。他打开箱盖，从里面抓出一样东西。那是一个黑不溜秋让人毛骨悚然的东西，体积很大，毛茸茸的。

随着灯光照射的面不断扩大，脸出现了，是一张皮包骨的脸。目光闪烁，嘴唇通红，白色獠牙，身上长满了又浓又密的黑毛，还有长着利爪的四条腿。

熊！人形豹居然从木箱里抓出的是一头熊。但它不是活的，也不是尸体，而仅仅是一张熊皮。

“这是用熊皮制作的外套。人穿上熊皮外套，四条腿着地，学熊走路的模样挺不错的。当然喽，我不可能穿这外套，而是让你穿上它，成为一头大黑熊，成为一头猛兽。实话告诉你，你在死之前是不可能再回到人间的。”

人形豹恩田说这番话时，虽语气温和，但用意狠毒。

“喂，夫人，换上这身熊皮外套吧！”

人形豹恩田面带笑容地说着，粗暴地给文代夫人换上黑色熊皮外套。

“太漂亮了！不管从哪个角度看，都一定觉得你是真熊。好了，走走看！”

人形豹恩田挥起皮鞭“啪”地抽在人熊的屁股上，疼得文代夫人四肢着地在草席上爬。

人形豹恩田的别有用心，似乎不只是给她穿熊皮外套。看来，更可怕的命运等着文代夫人。人形豹恩田刚才说，要让文代夫人接受“壮烈的死法”。他这句话，究竟想表达什么意思呢？

“嗯，好吧，今天就到这里！喂，喂，美丽的人熊，快爬到木箱里老老实实地待着！”

人形豹恩田说着，把文代夫人推到壁橱的木箱里，盖上木盖。

眼下，成了人熊的文代夫人既看不见也听不见，仿佛待在漆黑的地狱里，陪伴她的是墓地般的寂静。

妖　宅

此刻，明智小五郎来到浅草公园。

久经沙场的大侦探脸色苍白，到处寻找失踪的夫人文代。

“真没想到，我居然被人形豹恩田耍了！我一定要找到文代，哪怕找遍浅草公园的所有角落。”

明智小五郎打电话给中村警长，请求援助。

“明智君，歹徒们还在浅草公园吗？”

“我估计还在这里，好像是藏在公园里的什么地方。他们带着真豹，是很难离开浅草公园的。”

挂完电话，明智小五郎迟疑了片刻。

“是的，理发店的五郎君曾经见过人形豹恩田父子俩。我去见他，也许他能给我提供好办法。”

明智小五郎不像刚才那么急躁了，思路开始清晰起来，立即去K剧院边上的爽轩理发店。

“真不凑巧，五郎有事外出还没回来。”

“哦，太遗憾了。那好，我等一下再来打搅。”

明智小五郎走出理发店，像逛街那样朝六区方向走去，见一个腰系围裙的餐厅服务小姐主动跟他打招呼：“喂，你就是著名侦探明智先生吧？”

服务小姐像遇上熟人那样对明智小五郎说。

“是的，我就是明智小五郎，有什么事吗？”

服务小姐紧张地打量了一下四周，轻声说道：“明智先生，有一件怪事，但目前还不是很清楚。”

“到底是怎么回事？”

“先生大概知道浅草的妖宅吧？”

“妖宅？哦，是魔术棚吗？在哪里？”

“不是魔术棚，是真正的妖宅。先生也许不知道吧？就在花园动物园后身，那幢住宅外表美观，但没人居住，四周是黑色的木板围墙。”

“……人形豹恩田居住在那幢妖宅里吗？”

“哦，那，我还不清楚。一星期前的某个晚上正逢店里关门打烊的时候，突然来了一位满脸银须的绅士客人，要求我们餐厅每天送三餐饭去妖怪住宅，还预付了定金。从第二天开始，我便按照预订的要求每餐送三份饭菜去那里……”

“什么？三份？”

“是每餐三份，预订时就是那样说的。可奇怪的是，送早饭到那里时似乎屋子里没人。无可奈何，我只得推开房门把饭菜放在厨房里。而当我中午送饭菜去那里的时候，早上送去的饭菜已经盘底朝天，被吃得干干净净。于是，我便将午餐仍旧放在厨房里。”

“嗯，嗯，后来呢？”

“有时候我稍稍去迟了一会儿，打开厨房门时，里面的隔断拉门也会‘吱’地打开，随后伸出一只毛茸茸的手，强行抓住放在灶台上的饭菜盘子，随后手瞬间消失了。当时的情景，我看得清清楚楚。隔断拉门里面光线暗淡，但那怪物的眼睛里闪烁着刺眼的光，但那绝对不像是人的眼睛。”

“你说得太及时了，请立刻带我去那里。”

“这……我如果带你去，那……”

“没关系，你不必担心！把我带到妖宅前面，你就回去。好了，请快带我去那里。”

服务小姐提心吊胆地走在前面，明智小五郎跟着她来到花园动物园后身的一幢奇妙住宅前面。

“就是这里！打开边门进去可以到达厨房。”

服务小姐只说了这么一句，便慌慌张张地逃走了。

“嗯，这里是花园动物园的后身。恩田父子隐蔽在这里，对他们来说是最合适的。”

明智小五郎若有所思地点点头，悄悄潜入住宅。住宅里空空荡荡的，似乎是幽灵栖居的地方。

过 瘾

明智小五郎蹑手蹑脚潜入妖宅。

“看来，这里确实可疑。”

奇怪的是，所有房间里都没有家具和摆件，到处散发着霉味，墙角上挂满了蜘蛛网。

明智小五郎小心翼翼地一个房间一个房间地搜索，接着走进厨房。

“咦，这地方怎么会有上二楼的楼梯？”

可二楼的十平方米左右的榻榻米草席上，也没有任何可疑的东西。

这时突然传来异样的声音，让他吃了一惊。

一个大体积的东西在蠕动！那模样绝对不是什么老鼠，紧接着右边壁橱门在晃动。那声音每响一次，壁橱便轻轻晃动。

壁橱里有什么？不用说，肯定是人，绝对不可能是人形豹恩田。如果是他，不可能没有察觉到明智小五郎已经进来。也许是发出响声引诱明智小五郎。

被关押在壁橱里的，肯定是被绑架的文代夫人。

此刻，明智小五郎失去了平日里的冷静和镇定。当然，这也不无道理，文代夫人毕竟是他的妻子。

他走到壁橱门跟前猛地拉开壁橱门。

果然是个手脚被绑的人躺在地上。可意外的是，这人居然不是文代夫人。

“咦，你，你不就是神谷芳雄吗？”

他是上门委托明智小五郎侦破该案的神谷芳雄。

这时，一个拳击手模样的男子悄悄来到明智小五郎的背后，挥起棒球棒，“啪”地朝明智小五郎的后脑勺猛击。

受到突如其来的重击，明智小五郎顿感眼冒金星，天旋地转，也根本来不及转过脸看清袭击自己的男子究竟是谁，便失去知觉倒在地上一动不动了。

“嘿嘿嘿……活该！这算什么大侦探！就这么一击便倒在地上不省人事了。”

男子用棍棒一边捣明智小五郎的身体，一边恶狠狠地说，随即拿来绳索将死人般的明智小五郎五花大绑地捆了起来，用手巾卷成一团塞入明智小五郎的嘴里。

“好，你就乖乖睡到明晚吧，大侦探，到了明晚就什么都解决了！”

男子说完下楼去了。

二楼榻榻米草席上，躺着明智小五郎和神谷芳雄。他俩仿佛被扔在那里的货物。神谷芳雄怎么啦？就是手脚被绑，也应该设法告诉明智小五朗这里的情况。

不过，他眼下和明智小五郎一样都失去了知觉。神谷芳雄也是上了人形豹恩田的当被诱骗到这里的，眼下昏迷不醒，根本不知道明智小五郎潜入这里，也根本不知道明智小五郎刚才遭到男子的猛击而休克。

明智小五郎失去知觉后，仿佛陷入沼泽地时拼命挣扎的感觉，越挣扎越往下陷，而且越陷越深。必须救出文代！否则，她就会惨死在人形豹恩田的刀下。尽管着急，可全身无法动弹，身体仿佛在朝着沼泽地的深处不断地下沉。

渐渐的，他的头脑清醒起来。明智小五郎毕竟是侦探，很快明白了自己的处境。浑身五花大绑，嘴里塞有布团，躺在漆黑的房间里。

啊，是啊，神谷芳雄也被关押在这里，身上也是五花大绑。

他听到神谷芳雄的呻吟声。

“神谷君！”

虽然是鼓足全身力气喊，可嘴里塞有布团，再叫也不会有声音传出。

“畜生！”

明智小五郎拼命想挣脱身上的绳索，可越挣扎绳索勒得越紧。

他不再挣扎了，尽量放松身体，仰卧着闭上眼睛。

夜来临了。

夜里，男子两次查看两个被捆绑的人的情况，每次都是脚踩得楼梯踏板发出响声，天花板上悬挂的灯也是亮的。

那家伙身着花衬衫，个头很高，无疑是被人形豹恩田收买的手下。

拂晓时分，自然光线从缝隙钻入，房间里像傍晚那样蒙蒙亮。这时男子上来过两三回，只是观察这两个被捆绑的人的模样，接着又不声不响地下楼了。他右手上握有铮亮的手枪，似乎在说，你俩如果不老实，我会随时开枪的。

又过了一会儿，可能是接近正午的时候了。男子右手仍然握着手枪，左手提着两瓶牛奶上楼来。

“大侦探先生，那位兄弟，一定是肚子饿了吧？我看你们可怜，给你们弄牛奶喝。”

男子笑嘻嘻地把牛奶放在榻榻米草席上。

“哎，我丑话说在前头，取下你俩嘴里的布团，是让你们喝牛奶。要是大声叫嚷，我就让你们尝尝子弹的厉害。我尽量做到不杀人，但前提是你们要听话。好了，同意我说的话吗？答应了，就让你们喝牛奶。”

明智小五郎肚子饿极了，同时希望在嘴里的布团被取出后询问这家伙。于是，朝他点头表示同意。

“怎么，你俩都同意不叫喊？好，让你们喝牛奶。”

男子扶起他俩。

“谢谢！我快要饿死了。”

明智小五郎笑着说。

男子放心地放下手枪。

“我想问你两三件小事，请你先让我喝下牛奶。唉，喉咙渴极了！”

明智小五郎和神谷芳雄相继喝完男子递上的牛奶。神谷芳雄还是全身无力，连说话的力气也使不出来，只有明智小五郎还有力气说话。

“哎，谢谢你，牛奶真好喝！昨晚诱骗我来这里的餐厅服务小姐，是你们一伙的吧？”

“嘿嘿，你现在才明白，太迟了！这么说，你还在等人来营救你吧？哼，你想得真美！”

“喂！这房子里就你吗？我还以为恩田怪人在这里呢？”

“我们制造假象让你上当，否则，你是不会被牵着鼻子落网的。”

“你一个人在这里不怕吗？虽说你把我绑了起来，但我毕竟是明智小五郎呀！”

“哈哈哈……你怎么吓唬都不管用，我有这个。”

男子转动手枪。

“你打算怎么处置我们？人形豹恩田给你下了什么命令？是命令你把我俩都杀了？”

“是的，最终是那样结果，但不是现在，至少在今天傍晚前不会动手。”

“啊，傍晚后杀我们？”

“是的，首领傍晚前腾不出手来，正在准备夜间演出，节目名称好像是‘你死我活大格斗’。”

“什么？节目名称叫‘你死我活大格斗’？”

明智小五郎紧紧追问。

“你死我活大格斗”的节目名称，好像在哪里见过。

“哈哈哈哈……我只能说到这里。总之，你俩的命在傍晚前没危险。”

男子不再说下去，可明智小五郎没有置若罔闻，而是拼命回忆。

这节目名称好像关系到文代的生死？

是的，肯定是那么回事！

明智小五郎使劲儿回想。

片刻，明智小五郎刚才还是苍白的脸色猛地涨得通红，焦急得怎么也按捺不住自己了。这关系到文代的生死，自己必须尽快离开这里。

文代有危险！可自己怎么才能逃走呢？

“可是，你知道吗？我不可能在这里等到傍晚。”

突然，明智小五郎笑容可掬地说。

“喂，喂，别嘴硬！好了，再给你嘴里塞这个。”

男子打算把毛巾重新塞到明智小五郎的嘴里。

“喂，等一下！我有事托你。”

“什么事？”

“你带烟了吗？让我抽一支好吗？”

“想抽烟？那好办，可我正巧断烟了！我早就想抽一根过把瘾，可你们在这里，我无法外出。”

“唉，太遗憾了……喂，等一等！有了，有了，我衣袋里有一包进口烟，能否看一下还在衣袋里吗？我记得应该还剩下两三支！不用说，也给你抽一支。”

“是吗？进口烟很不错的。”

男子检查明智小五郎的衣袋。不一会儿，香烟和一把大型匕首被掏了出来。

“你还带这家伙。危险，危险，这还是交给我保管吧！”

男子把匕首放在旁边，“啪”地打开烟盒。

“啊，这烟太好了！可只剩两支了。”

“两支不就够了吗？你我各抽一支。”

“我就是都抽了也没关系，可你也太可怜了。好吧，让给你一支。”

拳击手模样的男子，看上去还有那么点儿良心。他让明智小五郎嘴里衔上一支烟点上火，再给衔在自己嘴上的烟点上火，深深地吸了一口。

“是啊，你知道Z马戏团吗？”

明智小五郎装作不经意的模样问道。

“我可不知道那样的马戏团。”

不知何故，男子好像慌了神。

“看来他清楚那事。”

明智小五郎心里在这样说，眯起眼睛目不转睛地观察他脸上的表情。他那么贪婪地吸着烟，可明智小五郎只是不停地吐着烟雾，而不是吸烟。

男子没有吱声，一个劲儿地吸着，很快过足了烟瘾。

“哈哈……对不起，你这帮凶，我和你告别的时刻就要来临了。”

明智小五郎猛地吐掉烟头，低声笑着说。

男子没有回答，耷拉着脑袋，垂着双手，嘴合不拢似的张着，呵欠一个接着一个。

“神谷君，我们有希望了。”

听明智小五郎这么一嚷，神谷芳雄“嗖”地爬起来。

“那，刚才的烟起作用了！”

“是的。我衣袋里有一盒烈性麻醉剂香烟，是为防备万一时使用的。”

明智小五郎用嘴衔起男子刚才放在旁边的那把匕首。

他用嘴紧紧咬住刀柄，将刀刃对准胸前的绳索割了起来。

相　遇

终于，明智小五郎胸前的绳索被割断了，接着他开始给神谷芳雄松绑。

“好了，现在也让他尝尝被捆绑是什么滋味。”

明智小五郎拿起解开的绳索，开始捆绑躺在地上的男子，动作十分娴熟。末了，还在他嘴里塞上毛巾。

“这下彻底解决了！是啊，那广告在衣袋里。”

他从衣袋里取出广告。这是推销员在横巷里给的，是宣传“Z马戏团”的广告。

刚才，明智小五郎听到男子顺嘴说出“你死我活大格斗”这句话时，觉得好像是在哪里看见过的广告词。经过一番回忆，终于想起这张广告。

红色的广告上写满了刺激的广告词，用意极其险恶。

你死我活大格斗

印度猛虎和北海暴熊之间展开大血斗

再过几天，我Z马戏团就要与东京市民告别。

作为告别献礼，我马戏团兹定于四月八日下午一时举行特别节目，特邀猛兽团长大山先生主持演出。

届时，敬请大家观看印度猛虎和北海暴熊之间展开的大格斗。像这种你死我活，血肉横飞的猛兽格斗场面，十分难得，敬请全东京市民不要错失良机，莅临观看。

广告上刊登了可疑男子的照片，下面写有“国际猛兽马戏团长大山海索利”。同时，还配有虎熊格斗的照片。

明智小五郎昨天只顾看背面的挑战书，没有仔细看广告内容，更没有注意这两张照片。现在看来，这不可思议的大山海索利不是别人，可能就是昨天见到的那个八字胡推销员！

马戏团团长亲自担任推销员散发广告，还真够胆大的。

明智小五郎紧盯着广告上的可疑照片，仿佛要把广告纸看穿似的。

“神谷君，你没从这张照片上看出什么吗？”

突然，他将广告递到神谷芳雄跟前。

“这张脸好眼熟啊！但是……”

“回忆不出吗？那你试着抹掉上面的八字胡，换上银须。随后你再想一下，有没有见过这样的白胡子老头？”

“银须老头……咦，是啊，是那家伙！”

“是人形豹恩田的父亲吧？”

“是的，是的，肯定是老年恩田。”

“我想差不多吧！我还不曾见过老年恩田长什么模样，所以问你。现在听你这么一说，我全明白了。神谷君，这家伙昨天化装成推销员使用调虎离山计，引诱我进入建筑背后的横巷里，再把这张挑战书交给我吸引我的注意力，为其子人形豹恩田绑架文代赢得了时间。”

“什么？先生，你夫人文代她……我们必须尽快救出她……”

“这是当然的。”

“夫人被带到哪里去了？你能估计出她被关押的大概位置吗？”

“我觉得，多半被关押在Z马戏团里。”

明智小五郎回答了神谷芳雄的提问，瞬间脸色苍白。

“什么？她在马戏团里？”

“我忽然想到一个可怕的场面。哈哈哈……一定是那么回事。不过……现在还不能断定。说不定……哦，仅仅这么想，我就够害怕的啦！”

明智小五郎为什么会感到如此恐惧？

“你已经知道啦？”

神谷芳雄担心地偷看了大侦探一眼。

“不，你最好现在别问我，说心里话，我也害怕说出来。好了，要赶快行动！也不知道是否还来得及。”

明智小五郎看了一眼手表。

“现在是差五分一点，不能磨磨蹭蹭的。”

他嘴里说着，两只脚已经沿着楼梯朝下跨起大步。神谷芳雄紧随其后。

一来到大门口，赶紧朝附近的公共电话亭疾跑。这时从电话亭里急匆匆地跑出一个人来，没想到竟是中村警长。

明智小五郎急忙向他汇报，从文代夫人失踪说到人形豹恩田的活动据点，三言两语地解释完后，又与他商定了抓捕行动方案。

从公共电话亭出来后，大侦探跑到大路上喊了一辆出租车。

飞　车

在东京西南M町的广场上搭有一座大帐篷，Z马戏团已经在这里上演了一个月的杂技、马戏和魔术表演。每天来这里观看节目的人，络绎不绝热闹非凡。

马戏团帐篷下面，从昨天开始就挂出了边长五米的广告画，画的内容十分惊悚，猛虎和暴熊双双直立起后蹄，厮打得血肉横飞。这种令人不寒而栗的场面，是采用荧光油画颜料绘制的。

“像这样的节目，是虎与熊格斗到其中一方断气为止。”

“是的，是你死我活的大格斗。”

猛兽大格斗的开场时间，是下午一点。随着时间越来越近，广告画前面的观众越聚越多。

“喂，快，快，虎熊格斗就要开场了！机不可失，时不再来哟！”

身着写有Z马戏团字样服装的男子站在门口，涨红着脸大声嚷道。这时，热闹的马戏吹奏乐从广播里传来。

走进木门，演出帐篷里已经人头攒动，黑压压的一片。场内鸦雀无声，观众们屏住呼吸等待即将出现的格斗场面。

正面高出观众席的舞台上，陈旧的丝绒幕布由于不知从哪里吹出的风而不停地飘荡。丝绒幕布上，用金色丝线绣着一个硕大的字母“Z”。

“当，当，当……”猛然间，响起震耳欲聋的铜锣声。

丝绒幕布徐徐拉开。

舞台正中央站着一个奇怪的人物，主持人兼驯兽师打扮，上身是黑色丝绒衣，配有金色的装饰丝带，下身是黑色丝绒裤，头戴相同款式金光闪烁的丝绒帽。

那模样，如同西班牙斗牛士。这人脸盘中央的鼻子下边，是朝两边翘起的黑色胡子。胡子的两端，一直连着两边的耳根部位。说话时，八字胡会不停地晃动。这家伙，大概就是所谓的Z猛兽马戏团团长大山海索利。

他双手摆弄着抽猛兽用的皮鞭，傲慢地说起了开场白，不停地晃动着他的八字胡。

“马上请大家观看的，是今天的特别节目。节目名称叫你死我活大格斗。舞台上有两只大铁笼，右边铁笼里的野兽是印度猛虎，左边铁笼里的是北海暴熊……”

铁笼体积不大。猛虎正在右边铁笼里走来走去，不时地大声吼叫。

左边铁笼里是一只比猛虎约大两倍的黑熊，好像浑身在打哆嗦。看那模样，好像是因害怕猛虎而躲藏在角落里。

“……这黑熊看上去胆小，可一旦受到对手袭击就会后蹄直立，现出残暴的本性，所以称它为暴熊。今天，由暴熊首先向对手发起进攻。现在，老虎低着脑袋，是为了更好地伸出利爪和亮出獠牙。

“它们扭在一起撕咬的过程中，身上肯定会出现伤痕。野兽就是这样的，一旦出血，一旦看见血，瞬间会更加凶恶残忍。很快，就会步入血肉横飞，你死我活大格斗的环节，直到其中有一方倒地死亡为止。

“各位观众，皮开肉绽，惊心动魄的场面即将展现在大家眼前。”

主持人兼驯兽师大山海索利说到这里停顿片刻，不动声色地环视一眼整个剧场。

“各位女士们、先生们，扣人心弦的场面还不止这些。猛兽将当着大家的面哭泣，乱窜，哦，就像人那样，就像柔弱的女人那样，喉咙里发出求救时的抽泣声和呻吟声。”

主持人兼驯兽师大山海索利说的这些话，简直让人无法理解。

“对不起，啰啰唆唆的开场白就说到这里。接下来，就请大家观看你死我活大格斗节目。”

主持人兼驯兽师大山海索利歪斜地拿着皮鞭，弯腰朝大家装模作样地鞠了一躬，随后朝舞台角落的剧务人员打手势。

“当，当，当……”铜锣声再次响起。

于是，八个男子跑到舞台上分成两组。每组四个人各移动一只大铁笼朝舞台前面滑去，让两只大铁笼的铁门紧贴在一起。

这时，主持人兼驯兽师大山海索利又朝前跨了一步，彬彬有礼地致辞。剧务人员分别将铁笼与铁笼之间的两扇铁门朝上升起，于是两只铁笼变成了一只组合铁笼。

这时，明智小五郎与神谷芳雄在浅草公园门前大街上喊了一辆出租车……也就是这时候，两只铁笼合并成了一只组合铁笼。

“我们去M町广场，多出点儿车费没关系，只是请你无论如何在五分钟内赶到那里。”明智小五郎一坐上出租车，就大声对司机说。

“什么？五分钟内赶到那里？不行，就是飞过去也要十分钟。”

司机年轻，看上去很灵活。

“你不必为违反交通规则担心，我是受警方委托的，不会给你添麻烦的。”

“可不管怎样，路上肯定有堵车现象。”司机一边快速行驶，一边大声说。

“请你大胆超车！我会给你加奖的，每超一辆加一百日元。”

“那好吧，请你们坐好了！”车速更快了，简直像飞一样。

两边人行道上的行人，像激流那样被迅速抛到后边。

一辆……又是一辆……电车，公共汽车，卡车，轿车，被一一甩到车尾，瞬间消失了。

司机也根本不顾十字路口的红色信号灯，穿越后疯狂地朝前飞驰。

“喂，停车，停车！”一名交通警察涨红着脸，展开双臂大声吼叫。但那气急败坏的模样，转眼的工夫便消失不见了。

气　球

马戏团舞台上的组合式铁笼里，两头猛兽正相互怒目圆睁。说是相互怒视，其实，黑熊是耷拉着脑袋趴在那里，根本就没动弹。

相反，猛虎不停晃动着斑纹尾巴，低着脑袋，蜷缩身体，“呜呜呜”地吼叫。

“大黑熊，大黑熊，快打起精神扑上去！”观众席上的叫声一浪高过一浪。

“大老虎，大老虎，快扑上去，喂，快扑上去！”

为老虎加油的吼叫声响了起来。

可猛兽双方根本不理观众的加油声，依然是相互怒视。

大黑熊不仅不动弹也不吼叫，而猛虎的吼叫声越来越高昂。

“大老虎，扑，扑上去……”

“咬大黑熊……”

“呜，呜，呜……”

观众们比猛兽们更兴奋，模仿大老虎吼叫。

终于，猛虎也许受到观众吼声的刺激，像弓那样耸起身体，随即像从枪膛里飞出的子弹那样朝着黑熊狠狠扑去。

“哇！”观众席上不约而同地传来惊叫声，与此同时观众都猛地站立起来。

可不知何故，黑熊根本就不抵抗，经不起猛虎的一击而扑通倒地，四脚朝天地仰卧在地上。

“大黑熊，快爬起来还击！”

猛虎目不转睛地观察黑熊的模样，打算再次发起冲锋。

一直让观众觉得根本就不动弹的大黑熊，突然晃动起四条腿来。经过一番挣扎，好不容易爬起来，正面朝着猛虎……

咦，到底怎么啦？只见大黑熊跑到铁笼之间的间隙跟前，拼命地将身体朝外面挤。与此同时，女人的悲鸣声在剧场上空轻轻地响起，回荡。

当黑熊明白无法逃出铁笼时，猛地直立起来，像跳舞那样在狭窄的铁笼里漫无目标地跑来跑去。

这时，响起女人断断续续的抽泣声。

“咦，好像有女人的哭声？”

“嗯，我从这节目一开始就感到不可思议。”

“是小孩儿的哭声吧？”

“不，我觉得好像是熊在哭泣。”

观众席上，到处响起交头接耳的议论声。

猛虎也许受到黑熊癫狂的刺激而兴奋起来？

“呜！”

猛虎吼叫后，像射出的箭那样展开第二次攻击。

刹那间，黄色的猛虎与黑色的暴熊在铁笼里扭成一团，打起滚来。

“哇！哇！”

喝彩声摇曳着帐篷。可喝彩声里，夹杂着女人的尖叫声和哭声。

吱！

哭叫似的刹车声，来自明智小五郎他们乘坐的出租车。

“对不起，没想到途中碰上货物列车。”

司机苦笑着打了一个响舌。

前面的道路，被禁止通行的铁栏挡住了。铁栏一侧，黑乎乎的车头拽着几十辆货车正慢腾腾地行驶着。

“哎呀，糟啦！神谷君，真背运，时间已经是一点十五分了！再过一会儿，就有可能来不及了。”

明智小五郎脸色铁青，眼睛充血，嘴里吼叫。

可是，神谷芳雄根本不知道这番话的真正意思。

“奇怪，现在到底去哪里？你说的来不及到底是什么意思？”

“文代就要遭到杀害。”

“什么？夫人……”

“我一定要救出文代！”

明智小五郎心急如焚，但货物列车还在缓缓通行，后面还有一长溜车厢。

这时，马戏帐篷里的舞台上响起“啪！啪！”的皮鞭声。身穿闪烁着金光的服饰的主持人兼驯兽师大山海索利，正站在铁笼旁边，手中的皮鞭每每在空中挥舞发出响声时，那头饥饿的猛虎就会发出疯狂的吼叫声。

“大老虎，大老虎，还磨磨蹭蹭地干什么，咬住大黑熊，咬住大黑熊！”

“大黑熊，快打起精神来！勇敢还击！”

观众席上人声鼎沸，吼声此起彼伏。

扭成一团滚来滚去的黄色老虎与黑色大熊，顷刻间分开了。黑熊倒地不再动弹，而老虎却不时地做出猛扑动作，像猫戏老鼠那样将黑熊当作玩具戏弄。

啪！啪！

主持人兼驯兽师大山海索利挥动皮鞭，响声使观众们精神越发亢奋。

“哇！”

观众席上欢声雷动，像巨大的气浪在帐篷里翻滚。

咄咄逼人的老虎，此刻张开大嘴露出锋利的獠牙，以迅雷不及掩耳的速度咬住了黑熊的喉咙。

“哇，大黑熊完啦！”

顿时，观众们“嗖”地从座位上站立起来。

没想到，黑熊像胆小鬼那样根本不抵抗。站起来的观众们原以为黑熊被激怒后会与老虎决一雌雄，可事实恰恰相反。

“喂，奇怪！大黑熊被那样咬住喉咙，竟然连一滴血都没有见到。”

最前面的几排观众席上，有观众这样议论。

老虎的獠牙紧紧咬住黑熊的喉部。老虎每晃动一次脑袋，黑熊的喉部便出现开裂，但裂开的速度很慢，而且并没有朝外流血。

前几排座位上的观众之间，又传出了不可思议的喊叫声。

“那是什么呀？哎，那到底是什么呀？”

坐在第一排座位上商人模样的男子，抱住边上的青年哆嗦着问道。

此刻，黑熊喉部被虎牙撕裂开的皮，已经朝外翻开，可那里没有裸露出血糊糊的肉。取而代之的，是白而光滑的东西，一点点展现在大家眼前。

这时，货物列车终于全部通过。禁止通行的围栏开始向上升起，早已等得不耐烦的卡车、轿车，潮水般地迅速启动。

“嗨！足足等了三分钟。”司机说完启动引擎，车又奔驰起来。

明智小五郎铁青着脸紧盯着前方，一句话也没说，右手紧握着刚才从绑架他的歹徒身上缴获的枪。出租车又以飞快的速度超过前面一辆又一辆的车。

公路呈直线向前延伸。这时，只见遥远的天空中飘浮着犹如水母的广告气球，圆形气球下面飘荡着写有广告词的红色条形绸布。

随着出租车飞快朝前行驶，广告上的文字变得越来越大，很快清楚地映入他们的眼帘。

你死我活大格斗

印度猛虎和北海暴熊之间展开大血斗

Z马戏团

瞧，广告气球下边是他们此行的目的地，Z马戏团帐篷。此时此刻，文代夫人就要遭到杀害。

恶　魔

铁笼里撕开黑熊喉咙的老虎，像在显示稳操胜券那样发出惊天动地的吼声。

咦，这到底是怎么回事？被撕开的熊皮里面居然是长着美丽脸蛋的女人。不用说，她是文代夫人。

文代夫人哭叫着。刚才，她一直因为麻醉药的缘故而昏昏沉沉。当猛然睁开眼睛发现有一对凶悍的眼眸正盯着自己，定睛一看，察觉老虎正朝她扑来。刹那间，她慌了神，本能地一边奔跑一边哭喊着救命。

“啊，果然被我说对了！刚才一直在哭泣的，不是黑熊，而是熊皮里面的女人。”

“这么说，从一开始就是假戏真做。”

“也许是吓唬我们观众？”

“嗯，主持人在节目上演前说女人哭叫声什么的，原来是这么回事。”

台下观众议论纷纷。

扮作黑熊的女人在组合铁笼里拼命奔跑。那受惊的模样，怎么看也不像是演员，也根本不像是演戏。

文代夫人步履蹒跚，气喘吁吁，嗓子嘶哑得再也叫不出声音了。

“你瞧，你瞧，那是演戏吗？”

“是啊，一点儿都不像。”

观众们摸不着头脑，不知如何是好。由于场内气氛异常紧张，大家顿感口干舌燥，忘了大声责问主持人是怎么回事。

文代夫人周围，猛虎开始晃来晃去地转圈。文代夫人脸朝看猛虎，摇摇晃晃地转动身体。

猛虎不时地停住脚步，伸出前爪朝文代夫人挑衅。每伸一次前爪，浑身的毛便猛地竖起，张开大嘴吼叫。

这时，不知从哪里突然传来男子的笑声，好像是从帐篷顶部那里传出的。

“哈哈，哈哈……”

像尖叫那样的笑声。

“谁？大概是主持人在笑吧？”

观众们的视线不约而同地集中在驯兽师大山海索利的脸上，可他根本没有笑，继续不停地挥舞着手中的皮鞭。

“是，是上面那个家伙！”

不知是谁大声嚷道，而且用手指向帐篷顶部。

于是，数千人的目光一齐射向天花板。只见用粗绳索捆绑的圆木上，有人像鸟那样蹲着，俯视着舞台上的惨剧，还不停地哈哈大笑，一副幸灾乐祸的模样。

由于帐篷顶部太高，看不清楚这家伙长得什么模样。但那对野兽般闪着蓝光的眼眸，此刻正像燃烧的磷火。这，不会有人忘记。

“人形豹恩田！”

那家伙终于露出原形。

稠人广坐的观众席，瞬间便显得像死一般宁静。

“哈哈哈……”

人形豹恩田狡诈的奸笑声，在帐篷上空回荡。

舞台上的铁笼里，文代夫人有气无力地倒在地上，似乎已经奄奄一息。尽管猛虎的鼻尖已经凑到她的眼前，可她已经不叫喊也不动弹了。

也许是人形豹恩田的笑声使主持人兴奋起来，他快速挥舞起手中的皮鞭，空中不停地响起“啪啪啪”的声音。

皮鞭响声似乎在给猛虎鼓劲儿，命令它进行奠定胜局的最后攻击。

倒在地上一动不动的文代夫人，只要裸露的喉部被猛虎咬住，生命就会随之结束。

这时，所有观众都明白已经到了“黑熊”的最后时刻，也都恍然大悟这不是演戏，个个脸色苍白，难过得移开视线，不忍心目睹马上就要出现的惨不忍睹的场面。

“啪！”

又是皮鞭挥舞的声音在空中响起。

“呜！”

猛虎大声吼叫着朝美丽的“黑熊”扑去。

说时迟，那时快！

“砰！”

刺耳的枪声，震得帐篷里的空气大幅度晃动。

“啊！”

观众席顿时嚷开了，人们战战兢兢地抬起头瞪大眼睛。

铁笼里，发生了翻天覆地的变化。

张着通红大嘴朝着“黑熊”猛扑的猛虎，四脚朝天地倒在地上，脑袋上喷射线状的鲜血，没有挣扎的迹象，似乎已经断气了。

文代夫人虽也处在死亡边缘，但好在有熊皮保护连一处轻伤也没有。帐篷顶部的笑声猛地停止了，主持人兼驯兽师大山海索利的皮鞭也不挥动了，眼神痴呆地望着观众席。

这时，只见一名勇敢的男子沿观众席中间的过道朝舞台走来，右手上的枪还在冒白烟。

“明智先生，明智先生！”

虽说他化了装，可大家还是一眼认出来者是谁，顿时，观众席上响起长时间的欢呼声，赞扬大侦探明智小五郎及时赶到。

无疑，他的出现意味着人形豹恩田末日的到来。

化装成大山海索利的老年恩田，一认出来者是明智小五郎后，脸色骤变，夺路欲逃，被冲上舞台的警官们团团围住。

他到底老奸巨猾，先抖动八字胡嘿嘿嘿地一阵狂笑，随即装模作样地把手伸向裤袋，忽地掏出手枪对着距离他最近的警官的鼻尖。

霎时，场内大乱起来，观众们急忙拥向木门，小孩儿的哭声和妇女的叫声此起彼伏。

“人形豹恩田在帐篷顶部！”

“人形豹恩田逃跑了！”

一些胆大的观众仍坐在观众席上，大声提醒警官。

帐篷顶部的圆木上，人形豹恩田像猫那样迅速地爬着。

其实，Z马戏团与人形豹恩田父子俩并没什么关系，仅仅是让自称从国外带回两头猛兽的驯兽师老年恩田上台特别表演一番而已。

因此，Z马戏团里的职工们并不是人形豹恩田的帮凶。照明智小五郎的手势，年轻的杂技师朝帐篷顶部爬去。

“快去帐篷外面！快去帐篷外面！人形豹打算爬到帐篷外面跳到地上逃走！”

警官们和马戏团的工作人员立即跑到外面，将帐篷围得水泄不通。

正当明智小五郎欲去帐篷外面时，从背后的舞台那里传来枪声。

回头一看，只见主持人兼驯兽师大山海索利一头栽倒在地，鲜血从胸口朝外直涌。眨眼间，服装上的金色装饰丝带被染成了鲜红色。人形豹恩田的父亲深知已经无路可逃，用子弹结束了自己罪恶的一生。

“喂，明智君，夫人怎么样？”

中村警长又带着一队警察冲进演出帐篷。

“哦，离危险只差一步。”

明智小五郎指着舞台角落。那里，许多热心观众正在护理文代夫人。

“遗憾的是，其中一个歹徒开枪自杀了。”

“哦，是人形豹恩田的父亲吧？”

“是的。”

“那，人形豹恩田呢？”

“逃到外面的帐篷顶上去了。走，到外面去看看！”

明智小五郎和中村警长来到外面，站在围观群众背后稍高一点儿的坡上，瞪大眼睛眺望帐篷外侧顶上不可一世的人形豹恩田。他身穿黑色西装，像野兽那样在帐篷顶上爬着。

可追兵们并不示弱，其中两三个都是飞檐走壁的杂技高手。再说人形豹恩田就一个，而身后的追兵大约有十来个。渐渐地，人形豹恩田被逼到屋顶角落里。

“这家伙逃不走了！可能会跳到地上自首？不然的话……”

就在中村警长说这番话的时候，黑色装束的人形豹恩田还真的高高跃起……

地面上围观的人们见状，不由得“哇”地叫喊起来。奇怪的是，人形豹恩田没有跳到地上。

“啊，广告气球！他逃到广告气球上去了。”

有人大声叫嚷。于是，人们的视线转向空中。

浮在空中的广告气球，其底端的长绳索距离帐篷很近。此刻，人形豹恩田正沿着绳索朝广告气球爬去。

银色广告气球在空中不停地摇晃，气球底端写有广告词的红色绸布随风飘荡。那上面写有红色的文字“你死我活大格斗，印度猛虎和北海暴熊之间展开大血斗，Z马戏团”。

广告绸布底端垂着朝地面延伸的绳索，绳索末端恰巧固定在明智小五郎他们站的地方。那里是广场角落，放有一台卷扬机。

“转动卷扬机，快转动卷扬机，把广告气球降下来！”

人们大声叫嚷着朝卷扬机拥来。有人启动卷扬机，广告气球开始下降。可抓住广告气球绳索的人形豹恩田满不在乎，继续朝上攀缘。广告气球每降下一米，他便朝上攀登一米。

尽管广告气球朝着帐篷顶部渐渐接近的时候，他已经爬到“你死我活大格斗印度猛虎和北海暴熊之间展开大血斗”与“Z马戏团”这两部分字之间的地方。

“喂，别浪费时间，快下来投降吧！”

地面上的警官朝人形豹恩田喊话。

“哈哈哈哈……各位警官兄弟，我看还是你们别浪费时间吧！”

人形豹恩田在空中的回答声音，由于风的阻隔，传到地面进入人们耳朵时已经变得很轻。

“哦，明智君，你也在人群中间吧！辛苦你了！你一定以为能活捉我是吗？哈哈……你将成为世人的笑柄，因为你抓不住我。”

人形豹恩田刚说完，只见他右手晃动着明晃晃的匕首。少顷，拴住广告气球的绳索被割断了。于是，刚才还一直被卷扬机拽向地面的广告气球，犹如射出的子弹腾地飞向高空。

“哈哈哈哈……明智君，再见了！哈哈哈哈……”

广告气球朝高空飞去的同时，人形豹恩田的笑声也随即渐渐消失了，抓住银色气球绳索的人形豹恩田也在渐渐变小。但是，他却俯视着地面，不停地挥舞着右手。片刻，银色广告气球被风吹到白色的云层之间，朝着东京湾方向飘去。

第二天，三浦半岛的渔民们在遥远的海上发现了漂浮着的大章鱼模样的东西。经过调查，得知漂浮着的是Z马戏团的广告气球，可就是没发现人形豹恩田的尸体。莫非，他和气球的命运一样变成了沧海一粟？

就这样，人形豹恩田连续凶杀案终于落下了帷幕。从此，大侦探明智小五郎的名气更大了。只是这起事件留下一个永远难解的谜：这世上，怎么会出现像人形豹恩田那样的怪物。

噩梦般的秘密，也许只有造孽者科学家老年恩田一个人知道。然而，怪异的科学家老年恩田已经离开这世界。他的自杀，使得人形豹恩田案件成了永久的谜。

那么，他们从浅草花园里盗窃的那只豹，结果究竟如何呢？各位读者可能会觉得不可思议。其实，那只豹像老年恩田那样中弹死在马戏团的舞台上。那只在铁笼里看似老虎的猛兽，其实是被老年恩田化了装的真豹。

老年恩田模仿虎身上的斑纹，用药物将豹身上的斑点连接成一条一条的。动物园的真豹失窃后，使人们的注意力全集中在寻豹而不是寻虎上。

尽管自称带老虎回国的驯兽师突然出现在东京，可善良的人们丝毫没有怀疑，没有把虎的出现与豹的失踪联系在一起。

恩田父子带着化装成虎的真豹和套着熊皮的“文代黑熊”，来到Z马戏团声称上演特别节目。当然，他们是绝对不会让Z马戏团的人员靠近假虎和假熊的。他们在掩护自己的基础上，将文代夫人藏在人们根本意想不到的熊皮里。

他们美其名曰，是上演猛兽的你死我活大格斗节目，其真正意图是在观众面前上演让豹咬死文代夫人的惨剧。

明智小五郎从事侦探职业以来经手的大量案件中，人形豹恩田一案系最离奇的案件。

“人形豹恩田在空中的嘲笑声，从某种意义上说，像长鸣的警钟那样将永远回荡在我的耳边。”

那以后，明智小五郎每次见到中村警长时，总免不了提及人形豹恩田的奇案，并重复上述这句话。

おわり